エルフィーナ
～淫夜《ヨル》へと売られた王国で…～
奉仕国家編
アイル【チーム・Riva】　原作
清水マリコ　著
リバ原あき　原画
PARADIGM NOVELS 171

登場人物

ヴァイス　ヴァルドランドの第一王子。フィールを制圧する。

エルフィーナ　旧フィール公国の公女。民思いの、やさしい姫。

クオン　ヴァイスの命をねらう剣士。だが彼に気に入られ…。

ナグロネ　なにかと抜け目ない美女。クオンにまとわりつく。

ニニア　三人姉妹の末娘。病気がもとで視力を失っている。

シーリア　行方不明の父にかわり、宿屋を経営。ニニアの姉。

ズゥ　仮面をつけた剣士。影のように、ヴァイスに仕える。

バンディオス　ヴァイスの父親であるヴァルドランドの王。

フェリア　三姉妹の長女。三年前にクオンと婚約していた。

第一章 シーリア

第二章 エルフィーナ

目次

プロローグ

登録所は町のほぼ中心にある酒場を改装して設けられた。女たちはかつて客席だった広い場所に集められ、順番を待たされる。数人ずつまとめて名を呼ばれると、呼ばれた者は奥にある一段高い場所へあがった。そこは、酒場だったころには芸人が歌や踊りを披露《ひろう》して、喝采《かっさい》を浴びていた舞台だった。だがいま、同じ舞台で女たちは、冷徹な、あるいは好色を隠さない係官の男と向き合って、恥ずかしい自己申告をしなければならない。

「名前はリナ、十九歳……男性の経験は、まだありません」

色白で、子犬のように黒目がちの幼い顔だちをした娘。

「本当か？　まあ、嘘《うそ》かどうかはすぐわかるが」

「エミリア、二十二歳です。夫とは、その……週に、一、二度……」

頭の良さそうな細面《ほそおもて》に、豊かな胸をした若い妻。

「ふん、そんな好きそうな身体《からだ》つきで、週に一度で我慢できるとは思えんな」

他《ほか》、年齢も容姿もばらばらな女が三人ほど。

係官はそれぞれの身体をそれぞれに下から上までじろじろと眺めて、顎《あご》で次にするべきことを促した。娘は悲しそうに目を伏せて、若妻は悔しさに唇を噛《か》んで、着ていた服の前を広げる。ヒューヒューと、口笛《くちぶえ》や歓声を飛ばすのは、二階へつうじる吹き抜けの階段や踊り場に陣取《じんど》って、登録を見物している男たちだ。そのほとんどはいまこの国を――元・フィールを占領しているヴァルドランドの兵士達だが、中には耳ざとくフィールの状況を聞きつけて、早くもここを訪れた好事家《こうずか》もいる。

「しかし、やるもんだなヴァイス王子は」

「ああ。征服した国の女を全員売春婦にして、一国まるごと売春街なんて、並の頭じゃ思いつかねえよ」

「フィールの女は災難といやぁ災難だが……まあこのご時世、戦《いくさ》に負けてとりあえず皆殺しはまぬがれて、命の保証はしてもらえるだけ有り難いわな。おっ、出た出た！」

雑談していた見物人は、ふたたび視線を舞台へ戻した。女たちがそれぞれに乳房を見せて、一列に並ばされている。

「背中を丸めるな。ちゃんと乳を突き出すようにして、よく見せるんだ」

「うう……」

係官に命じられ、女たちはそれぞれに涙を浮かべながら、白い胸を反《そ》らして衆目に晒《さら》した。若い娘の膨らみかけた乳房は未熟で、乳首だけが大きく、尖《とが》っている。すでに男を知っている人妻のそれは丸く豊かで、触れてほしいと言わんばかりに熟している。そして、どの乳房も視線を集める緊張からか、左右の乳首を固く勃起《ぼっき》させている。それぞれに違いのある乳房を、比較検討してくださいと言わんばかりの眺めだった。

「あれ見ろよ。おとなしそうな顔してるくせに、乳首はずいぶん遊んでる色だぜ」

「なに、おおかたオナニーのやりすぎで、ひとりでいじり回したんだろ」

「おれはあのでかいオッパイの女、いまから予約しておこう」

「この登録が終わったら、金しだいでどんな女にも『奉仕』してもらえるんだからな」

「いいねえ。奉仕国家万歳だ」

ひひひひ、といやらしい期待の笑い声が響く中、係官は女たちと向かい合い、それぞれに用意した巻き尺《じゃく》で、女たちの乳房の大きさを測定した。

「……あっ……」

乳首が巻き尺に擦《こす》られて、どの女もぴくんと肩を震わせる。

「78。乳房小、乳頭色は良」

「91。乳房極大、乳頭色は並」

係官の言葉にしたがって、女たちの名前を記入した帳簿《ちょうぼ》に、乳房に関する記述が加えられていく。ヴァイス王子は、売春婦として女たちをしっかり管理するために、一人一人の肉体の情報を把《は》握《あく》するよう命じていた。年齢や男性経験の有無、そしてこうした肉体的な状態により女たちはランクづけされ、「奉仕」によって得るべき報酬額を決められる。係官は、ついでのように娘たちの乳房を二、三度適当に揉《も》みしだき、柔らかさや張りもチェックした。敏感そうな膨らみかけた乳房の娘が、痛いと鋭い悲鳴をあげた。

「さあそれじゃあ、いよいよ大事なところを調べさせてもらおうか」

係官もすでに半分以上仕事を捨てて、野次馬の男たちと同じ欲望に光る目で、半裸の女たちを見渡している。

「どうすればいいかはわかっているな？」

「うう……」

女たちはうつむき、新たな涙で睫《まつ》毛《げ》を濡《ぬ》らした。野次馬の口笛、歓声がいっそう高くなる。

「早くしろ！」

ためらっている一番若い娘の尻《しり》を、係官が思いきりひっぱたいた。バチン、とやけに気味のいい音がして、踊り場の男たちがどっと笑った。泣きながら、女たちは長いスカートの裾《すそ》に手を入れて、中の下着をおろして抜いた。そして、係官の視線に促され、立っている場所の一歩後ろに並べられた椅子《いす》に腰かける。やや後ろに背もたれが傾いた椅子の手前には、膝《ひざ》の少し下くらいの高さに横棒が長く渡されていた。

「さあ、おっぴろげて見せるんだ。膝を曲げてこの棒の上に足を載っけて、尻を持ちあげろ」

「ううっ……う……」

女たちは泣く泣く立て膝の姿勢をとって、おそるおそる棒に足を置いた。スカートがめくれて、真っ白な下半身が剝《む》き出《だ》しになる。細いふくらはぎや、みっちりと肉のついた太《ふと》腿《もも》や、奥に生《は》えた毛もチラリと見えた。この場ではもう何度も繰り返されている場面だが、ここではいつも、男たちは妙にしんとなる。あとは、女たちが脚《あし》を広げれば、大事なあの部分が晒されるのだ。が、早く見たいと焦る男たちの意に反して、女たちはなかなか脚を開かない。泣きながら、膝を震わせて、お願いです、と小さく許しを求める者もいる。

「ち……もう何度も、同じことを言ってうんざりしているんだが」

係官は舌打ちをして腰の剣の鞘《さや》をチンと鳴らした。

「もう一度、ヴァイスアード殿下のくだした『布令』を読みあげてやることにする」

懐《ふところ》から細い巻物を取り出して広げ、舞台の下にいる者たちにもそれを見せつける。

「一つ。生き残ったフィールの国民のうち、男は全《すべ》て、奴隷《どれい》としてヴァルドランド本国に連行する。二つ。残りの民はこの地を離れることを禁じ、全員、管理番号を登録する。許可なく国の外へ出る者は、死罪を含む厳罰を処す」

それは、ヴァイスことヴァイスアード——大国ヴァルドランドの第一王子であり、フィール侵攻軍の総大将でもあった彼が、攻め滅ぼした国の統治をまかされてのち、最初にくだした命令であった。

「わかるな？　いま行っていることは、この管理番号の登録だ。だがこの登録は、単に名前やら年齢やらを登録するだけでは足りないのだ。なぜなら」

係官はさらに声高に「布令」を続けた。

「残りの民には、全員、この地を訪れる者に対して、『奉仕』する義務を課す。『奉仕』とは『あらゆる意味での奉仕』であり、その内容に関して民はいっさいの拒否権を持たない」

ただし、「奉仕」においても直接生命を奪う行為や、肉体を著しく破損させる類《たぐい》の行為は厳禁、と布令は続いている。これにより、フィールの女たちは、全員が娼婦《しょうふ》となる代わりに、命と最低限の生活を保証されたことになる。

「ということは民を管理登録する側は、奉仕の際に支障がないよう——」

「お役人さん、もう御託は勘弁してくださいよぉ」

「そうだそうだ、いいからとっととマ×コ見せろぉ！」

卑猥《ひわい》な言葉が大声で叫ばれ、おうおうと、意味のない欲望の固まりのような呻《うめ》きが続いた。係官は唇を歪《ゆが》めて並んだ女たちに向き直った。

「とにかく、もうお前らは、マ×コで生きていくほかはないんだよ」

開け、と剣の柄で一人一人の膝をつつくと、女たちは、いや、いやと震える声をあげながら、少しずつ、白い脚を横に広げていった。

「きたきたあ！」

「よし、もっと近くでよく見てやろうぜ！」

男たちは踊り場から駆けおりて下にいる女たちを押しのけ、舞台の前に押し寄せた。

「いやあ……見ないでえ……」

「ごめんなさい、あなた……ああ……」

そこには、まさに色も形も毛の生え具合もさまざまの、女たちのもっとも恥ずかしいところが、剥き出しにされて並んでいる。

「リナちゃんの処女は本当だな。色もツヤツヤだしお掃除が足りなくて白いのが周りにちょっとくっついてら……怖《こわ》くて、洗えないんだな。ひひひ」

「見ろよ、こっちの人妻！　見られただけでもうお露がトロトロ出ちまってるぜ！　おとなしそうな顔して毛も濃いし、こりゃあ、仕込めばすぐ淫乱《いんらん》になりそうだ」

「おいもういいだろ、場所変われよ。こいつ顔もマ×コもてんでたいしたことねえんだよ。これじゃあ、一発で5フィルがいいとこだ」

「すると人妻のエミリアさんが10、処女はやっぱ20～30フィルってとこか？」

「おしゃぶり付きだといくらになるかね」

男たちは勝手に女たちに値段をつけながら、鼻先がくっつきそうな勢いで、そこを代わる代わる覗《のぞ》き込んでいる。係官は女たちの前に立ち、開かされた恥ずかしい入口に指を入れ、処女、非処女や締まり具合などを調べて帳簿に記入させていく。

「や……いやっ……痛いっ……！」

処女と申告したリナの番になると、リナはいままでとは違う悲鳴をあげて、指を入れられることに抵抗した。

「ふう、面倒だな」

リナのその部分は、指が何度か往復しただけで、擦《す》りむいて腫《は》れたように赤くなっていた。係官はそこを開かせるために、リナのクリトリスに指をあてる。厚い包皮に覆われた、その存在さえリナは知らないかもしれない膨らみを、男の指が無遠慮に押した。

「あ、ああ⁉」

「どうだ？　これからは、自分でもよくここをいじって、男に奉仕を求められたら、いつでも応《こた》えられるようにしておくんだぞ」

「うっ……や……あ……」

「おお、出てきた出てきた！　リナちゃんの処女のアソコから、透明なお露がじわじわ～っと、ヨダレみたいに垂《た》れてきたぞ！」

さっきからリナがお気に入りらしく、かぶりつきで見ていた男が鼻息を荒くした。

「リナちゃん、クリトリス気持ちいいか？　登録が終わったら、おれが一番に買ってやるよ！　40フィルでも50フィルでも、リナちゃんの処女なら安いもんだ！」

「まあ、せいぜい期待しているがいい」

係官はリナの濡れてきた割れ目に指を入れ、そこの感触を確かめた。

「よし、たしかに処女膜《しょじょまく》有り。帳簿を分けて記入しておけ」

若い処女は娼婦として街に出す前に、ヴァルドランドの貴族に献上、あるいは軍功のあった騎士《きし》たちへの報酬として与えられる。むろん、たとえばいまリナにご執心らしい男のような、一般の兵士は知らぬことだ。リナもおそらく、どこかの貴族か将軍に、処女を奪われることになるだろう。だが、それは決して運のいいことではないと、係官や役人達は知っている。とくに貴族はたちの悪い性癖を持つ男が多く、処女を集めて性奴隷として調教しようと、いまから舌なめずりしている者もいる。リナがこの先どうなっていくかは、誰《だれ》にもわからず、どうすることもできないのだ。

「もういい」

好色そうな係官も、ほんの少しだけ目に同情の色を浮かべて、リナと女たちの開脚を止《や》めさせた。見物の男たちから不満が漏れたが、どうせすぐ次の女たちが台上へあがる。

「登録は以上だ。奉仕の際に受け取る額は、係の者が追って知らせる。処女の娘は別室で奉仕のための指導を受けること。あとの者は、いったん家に帰ってよし」

背中を押され、リナが裏口からどこかへ連れていかれるのを、係官は目の隅《すみ》でチラリと見た。が、すぐに役人としての顔に戻って、次に登録する女たちを呼んだ。

こうして、フィールは日々少しずつ、奉仕国家としての体制を整えていった。

緑の森とエルイン湖の豊かな水に恵まれて、民も王も穏やかな日々を愛していた国は、いまや、昼間から女のあやしい喘《あえ》ぎ声や悲鳴の絶えない、淫靡《いんび》な国へと変わろうとしていた。街は荒れ、傭兵《ようへい》くずれの剣士や流れ者が多く住み着き、絶えず小さな諍《いさか》いが起こった。

女たちは、初めこそ運命を嘆き、命を懸《か》けて抵抗を試みようともしたが、やがて、大多数の者は静かな悲しみを目に浮かべながら、奉仕の日々に耐えるようになった。

そして。

その男が、フィラン――旧フィールの首都へやってきたのは、奉仕国家宣言から二月が過ぎようとしているころだった。

全身を、すっぽりと覆う暗い色の外套《がいとう》。わずかに覗く痩《や》せた手首も、よく見るとかるく引きずっている足も、外套で隠れていない部分には皆、痛々しい包帯が巻かれている。それは銀色の長い前髪を垂らした顔も同じことで、薄紫の左目と唇のほかに、この男の顔を見ることはできない。右目はもう、失われているのかもしれない。

しかしこれほどに異様な男も、いまのフィールにおいてはさほど驚かれはしなかった。男はひたすらに好みの女だけを求めて捜し、女はうつむいた顔をあげようとしないこの国で、彼に注目する者は少ないのだ。

「お兄さん。フィランは初めてかい？」

声をかけるのはせいぜいが客引き。女を紹介することと引き替えに、いくらかの金をもらうケチな輩《やから》だ。

「よければ、どんな娘が好みか教えてよ。髪の色とか、身体つきとか。おれしょっちゅう登録所に通ってたから、フィランの女のことはよく知ってんだ」

「……」

男はゆっくりと左の目だけで客引きを見た。客引きは、そこで初めて彼の風体に気づいたかのように、少しばかり目を丸くしたが、すぐ商売の顔に戻った。

「どう、若い娘？　それとも熟してるほうがいい？　大丈夫、多少ナニがアレでも、フィールで文句言う女はいないよ」

「……」

「あ、もしかして口きけない？」

「――いや」

「よかった、お兄さんいい声だねえ。よければ、名前教えてよ。フィランに長くいるなら、いろいろ遊ぶ場所教えるから」

「名前？」

「そう。名前」

訊《き》かれて、男は少し迷うように左目を浮かせた。うつろな目だ。目だけでなく、話し方も仕草も雰囲気も、この男は何もかもが乾いていた。

が、ふと思い出したように口もとを引き締め、客引きをもう一度振り向いた瞬間、男の瞳《ひとみ》に何かが宿った。

「クオン」

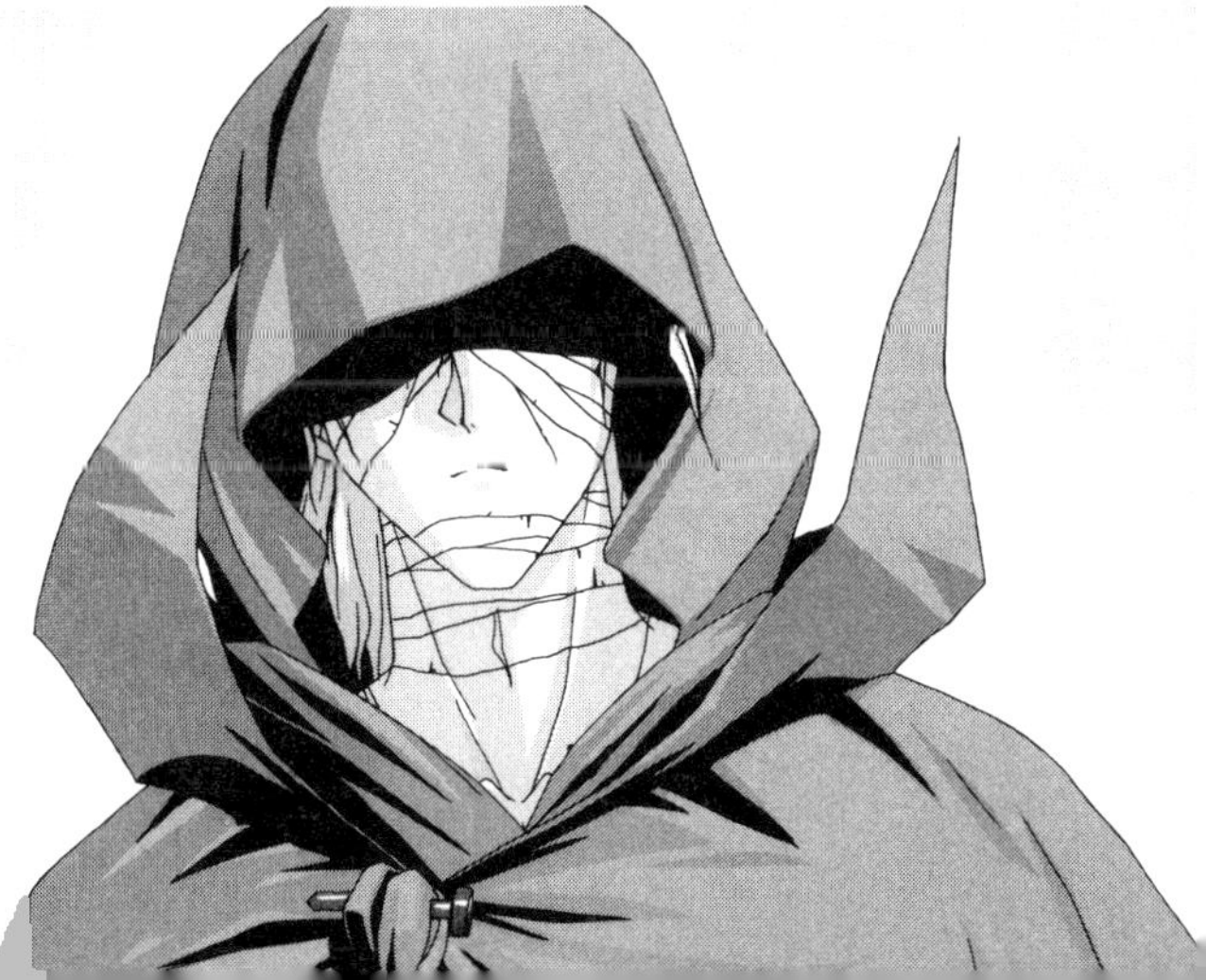

「へっ⁉」

客引きは、今度はあからさまに驚いた顔をする。

「……なんて？」

驚きに怯《おび》えを含んだ目で、頭ひとつ背の高い彼を見あげた。

「クオンだ。おれの名は、クオン」

彼は——クオンは、繰り返して言った。客引きは、ああ、そうと曖昧《あいまい》に笑いながら、少しずつ、クオンと距離をとり始め、やがて、逃げるように去っていった。

もちろん、客引きは彼が何者かなどは知らないだろう。

だが、この土地で——およそ、ヴァルドランド王バンディオスの力が及ぶ地で、その名を口にする者はいない。クオン。それは「ヴァルドランドに仇《あだ》なす者」を指す名前である。冗談でも王の前で名乗れば本人だけでなく、一族郎党死罪の忌《い》み名だ。

ここに「クオン」と名乗る者がいることは、ヴァルドランドの王家にとって、ひいてはフィールにようやく整いつつある奉仕制度にとっても、不吉以上の意味がある。

だが、クオンはその名が忌み名であると、またなぜ忌み名となったかを、果たして知っているのだろうか。

ふたたびうつろに乾いた目からは、それをうかがうことはできない。

無言のまま、クオンはもう一度外套を深く被《かぶ》り直して、街の奥へと歩いていった。

頼りなく、あてどないような後ろ姿だが、足取りには目的があるようにも見えた。

路地裏から、また別の女の喘ぎ声が聞こえてきた。

第一章　凌辱の街

月が高い。

夜のフィールは淡い白に照らされ、エルイン湖の水面が光っている。

湖畔《こはん》の道をクオンはひとり歩いていた。

フィランの街へ来て、三日目の夜。すでに状況はほぼ把握《はあく》した。あとは、どうやってきっかけをつかむか——。

「あっ……い、いやっ……はなし、てっ……」

すると、行く手の路地で、またいつもの、見慣れたやりとりが始まった。

「何言ってんだ。客を捜してうろついてたんだろ？　いいぜ、この場で10フィルだ」

「ちが……いやっ……」

へへへ、と笑う男の声、悲しそうに拒む女の声。月明かりで、顔ははっきりと見えないが、男はおそらく流れ者の兵士、女はまだ若い娘だろう。長い髪を頭の高いところでひとつにまとめ、ほっそりした顎《あご》のラインを見せている。

「ほら、乳を出せよ」

男は容赦なく女に迫る。クオンに気づいているかもしれないが、見るなら勝手にしろというつもりだろう。

「いや、あっ……」

娘の細い手首をつかみ、服の前をぐっと持ち上げる。細身のわりに、丸く豊かな娘の乳房が、クオンの目にもはっきり見えた。

「おっ、出た出た。いいねえ、若々しくてプリッとして」

「あ、っ……んッ……」

乱暴な手つきで乳房をグニャグニャと揉《も》みながら、男は、指先で乳首を弾《はじ》く。

「どうだ、乳首いじられると気持ちいいだろ？　この乳首、いままで何人の男にしゃぶられたんだ？」

「や……っ……」

「ほら、客が訊《き》いてるんだから答えろよ。それとも、乳を揉まれると、もう感じちゃってわからねえのか？」

男は執拗《しつよう》に乳首を弾き、時折口に含んで吸った。女は、ひっとかすれた声をあげ、震えながら、男にされるままになっている。乳首が徐々に勃起《ぼっき》するのが、クオンの目にも見えてしまった。

「よし、じゃあもう入れるとするか。そこの木箱に手をついて、四《よ》つん這《ば》いになってこっちへ尻《しり》を突き出すんだ」

「うう……」

娘は啜《すす》り泣《な》きながら、言われたとおりの姿勢をとった。白いエプロンが前にさがって、結び目のリボンが上向きになった。男は長いスカートをめくって、下着をぐっとむしり取った。白く丸く、たっぷりとした娘の尻が、月の光に照らされる。

「おお！　いいケツだ！　でっかくて、ガキをたくさん産めそうな尻だな。おれの子供も孕《はら》んでみるか？　ひひ」

「あっ……う……」

男の手が、娘の尻の割れ目を往復する。いや、と娘が背中を反《そ》らすと、木箱がギシギシと音をたててきしんだ。

「へへへ。そこそこ濡《ぬ》れてきてるじゃねえか。まあ、客は付きそうな顔と身体《からだ》だ。10フィルじゃ、お得だったかもしれねえな」

男は自分の前を広げて、女の尻の割れ目にあてがう。挿入《そうにゅう》前に、娘の蜜《みつ》を塗りつけるように、それを挟んで前後に擦《こす》った。

「う……あ……」

娘はときどき小さな声をあげながら、男の挿入を待つほかない。

クオンはその場を楽しむでもなく、去るでもなく、その場をじっと動けずにいた。正直、行為自体はもう、三日で飽《あ》きるほど見ているので、いまさらとくに興味はひかない。

だが、小さく喘《あえ》ぐ娘の声が、知っている娘とよく似ていた。もしやその娘ではという思いが、クオンをそこに留《とど》まらせた。

「ああ……いや……っ……や……」

クオンはその場で少し迷った。うつむいている顔ははっきりとしないが、歳《とし》のころは、ほぼ同じだと思う。娘が男を嫌がっているのは明らかだ。止めるべきか——しかし、いまのフィールでは、男の行為はまったく正当なものなのだ。いま余計な揉めごとに関われば、きっかけが遠ざかるかもしれない。それに……もしも、あの娘がおれの知っている娘だとして、彼女がいまさら、おれの助けを喜ぶとは思えない。

包帯の隙間《すきま》の左目をすがめて、クオンは外套《がいとう》を被《かぶ》り直した。

「それじゃあ、そろそろブチ込むぜ」

「ううっ！　ああ……あ……」

男は娘の腰を抱え直して、下から突き刺すように一気に深く、娘に入れる。少しの間、犯したことを確かめるように、男は繋《つな》がった姿勢で動きを止めた。くう、と娘が細い悲鳴をあげた。男は繋がったまま娘を突き上げ、揺れる乳房を見て笑った。動くたび、娘がつかむ木箱がきしむ音をたてる。

「くう……んく……っ……うあっ……！」

やがて、きしむ音は規則的に響くようになり、女の声も大きくなった。

「くくく……いい具合だぜ、チ×ポくいくい締めつけてきやがる。おいどうだ、ハメられて気持ちいいんだろ？」

「あうっ！」

女の辛そうな悲鳴とともに、バチン、と大きな音が響いた。

「くう、くるね……尻を叩《たた》かれると締めてくるのか。よし、もっと叩いてやるぞ」

「はあっ、ああっ！　いや……あ……い、すあ、ん……」

ああ、と息で消えた最後の声が、誰《だれ》かを呼んでいるように聞こえたのは気のせいだろうか。たまらず、クオンは外套をひるがえし、早足でその場を去ってしまった。

悔しいが、いま、直接あの娘を助けることはできない。だが、おれがこの国へ来た目的を遂げれば、結果的に、あの娘も救えるはずだ。

胸に疼《うず》く思いを無理に押し込めて、クオンは脚《あし》のおもむくまま、より暗く狭い路地へ向かった。

と。

どこからか、剣の刃がぶつかる音がする。クオンは腰の剣に手をかけ、音のするほうへと進んでいった。音が大きくなるにつれ、空気に血のにおいが混じってくる。角を曲がると、いきなり目の前に人間が倒れ込んできた。反射的に剣を抜いてかまえたが、相手はすでに斬《き》られたあとらしく、黒い血溜《ちだ》まりに転がったきり動かない。クオンはそれをまたいで越えた。

路地の奥で、背の高い、長い黒髪の男が一人で数人と戦っていた。狭い場所にむんむんと殺気がにおう。それは、黒髪の男を襲う側が放つものらしい。だが、彼らはまるで黒髪の男に操られてでもいるかのように、男の刃の先へと向かっていく。これは……。

そのとき、殺気を放つ剣が同時にふたつ、黒髪の男に斬りつけた。ひとつは男になんなくかわされ、相手は斬られて崩れ折れたが、もうひとつは、男の黒髪の先をかすめた。

「――っ！」

一瞬、黒髪の男は体勢を崩して膝《ひざ》をつく。と、振り仰いだ男の流れる髪の隙間から、異様なもの——燃えるように赤く光る、右目が見えた。しかし、クオンはそれを見るより先に、再び男に斬りかかった影を、背後から素早く斬り捨てていた。

「……」

黒髪の男はかるく息をつき、ふいに現れた助太刀《すけだち》に、少々驚いた顔でクオンを見た。光る右目は、徐々に落ち着いたように色を濃くして、やがて深紅《しんく》の瞳《ひとみ》になった。左目は暗い紫だから、はっきりと、右目だけが特別だ。これは——この紅い目は、未来を見る目だ。この世界で、恐らくたったひとつの血族だけが、この目を持って生まれるという。

男はゆっくりと立ちあがった。並んでみると、クオンよりも少々背が高い。

「助かった……と、しておこうか」

一応、礼は言っているものの、明らかに、男はクオンにも気を許していない。罠《わな》を疑っているのだろう。当然だ。この紅い目は、いまこの国を征服している、ヴァルドランドの王族のしるしだ。つまり、この長身で黒髪の男は、現在のフィール統治者であり、あの「奉仕国家宣言」を行った張本人——ヴァルドランドの第一王子、ヴァイスアード・アル・バーシルに違いない。

そんな立場にある者がなぜ、供もなく夜歩きをしているのか。まだ若い王子のことだから、お忍びで街の女でも抱きに来たのか。だが、それはクオンにはどうでもいいことだ。

クオンは黙って顔を覆った外套を脱いだ。

「この身体で、あれほどの剣を使うのか」

包帯だらけの痩《や》せた身体に、片目の姿に、ヴァイスはまたわずかに驚いた声をあげる。

「お前の名は？　口をきくことはできるのか？」

「ケイ――」

尋ねられ、思わず別の、もうひとつの名を答えそうになった。

「クオンだ」

だがクオンは、はっきりと「ヴァルドランドに仇《あだ》なす者」の名を選び、口にした。この瞬間、ヴァイスと斬り合いになるのなら、それもいい、むしろ本望のはずだった。

ヴァイスは、今度ははっきりと目を見開いて、驚きを隠さずにクオンを見た。クオンは無表情を装いながら、ヴァイスの気配の変化をさぐる。抜くか。一撃はかわせるだろうが、そのあとは――

「く……ふふふ……ハハハハ！」

しかし、返されたのは弾けたような高笑いだった。思わずこちらの気が抜けるほど、ヴァイスは愉快そうに笑い、そして、クオンにうなずいた。

「気に入った。クオン、明日にでもフィラン城へ来い」

ヴァイスの命で、クオンが参上したと門番に言え。そう言って、ヴァイスはなお笑いながらクオンに背を向けた。

どういうことだ……。

黒髪の背を訝《いぶか》しく見送る。だが、いい。とりあえず、きっかけは向こうからやってきた。あとは焦らず、確実に目的を遂げることが大事だ。

　ヴァイスの言葉に嘘《うそ》はなかった。クオンは、翌日の夕方にはもう、ヴァイス王子の私設衛兵という身分と、報酬を与えられる身となっていた。

「しかし、まいったね。王子が最初、こいつをおれ達の仲間に加えると言ったときにゃあ、正直、王子の目でも曇ることがあるのかと思ったが」

「フフン……キミじゃあるまいし。殿下に間違いなんてあるわけないよ」

　クオンはいま、同じく私設衛兵である者たちと、フィラン城内を歩いている。

「けっ、相変わらずの心酔っぷりだな。クオンが仲間にふさわしいかどうか、剣技場で確かめるべきだっつったのは、ラッセ、てめえじゃなかったか？」

「そうしてムキになって挑んだあげく、まるでクオンに歯が立たなかったのはキミだね、ハーデン」

「てめえだって完璧《かんぺき》に負けたじゃねえか」

　言い合っている二人の男は、言葉づかいだけでなく、顔つきも雰囲気も正反対だ。いかつい身体つきにふさわしく、豪快な剣をふるうハーデンと、すました女顔らしい、鋭いレイピアの使い手ラッセ。

「なあズゥ、ラッセのほうがこっぴどく負けたよな？」

「……」

　そしてもう一人、つねに無言で全身を鎧《よろい》に覆われたズゥ。顔にもきっちりと仮面をつけて、素顔を見せることがないという。

「まあ、いいや。とりあえず、いまから街で新入りを歓迎する宴会だ」

答えないズゥに慣れているらしく、ハーデンは、勝手に話を進めていった。

「剣だけでなく酒のほうも、羽の印にふさわしいかどうか教えてもらうぜ」

ハーデンは、クオンの胸にさげた飾りを指で示した。同じ飾りが、ハーデン、ラッセ、ズゥの胸にもさげられている。鷹《たか》の羽を模《も》したこの飾りが、ヴァイス私設衛兵の証《あかし》らしい。

「といっても、ボクらは誇り高き正規の騎士団《きしだん》とは違うから、黒騎士団のナスタースは、ボクらが鬱陶《うっとう》しいみたいだけどね。クオンも会ったろ？　キミを殿下に取り次いだ、きまじめそうな若い騎士様」

ラッセはなぜか愉快そうに言った。最初クオンの名を聞いて、本気で青くなっていたその騎士は、世慣れた衛兵達にとっては、格好のからかいの種らしい。

「まあ、ナスタースなんかは堅苦しいが、本国から来た貴族どもに比べりゃ、からかう気になるだけかわいいもんよ。とくに」

ハーデンは少し声をひそめた。

「……とくにあの、大臣のバディゼってデブは気に入らねえ。表向きは王子にペコペコしてるが、ときどき嫌な目をしやがる」

「あいつは、本国の王が寄越した王子の監視役だって噂《うわさ》だからね」

「監視役？　なぜ、そんなものが必要なんだ？」

クオンは初めて問い返した。ハーデンとラッセは目を見交わして、

「――――その話は、街へ出てからにしよう」

城内では、ことさら話題にしにくいことらしい。

話が再開されたのは、フィラン城からかなり離れた、あまり人気のない路地裏だった。城を出るとき、いつの間にかズゥは消えていたが、とくに気にかける者はいなかった。

「そう……クオンも、これから城に出入りするなら、だいたいのことは、知っておいたほうがいいね」

そこでも周囲をうかがいながら、ラッセがクオンに説明した。

「キミも、殿下の父君、ヴァルドランド王バンディオスの噂は聞いたことがあるだろう？」

「――力による支配を絶対だとする、恐ろしい王だと聞いている」

「そう……まあ現実は、噂をより残酷に十倍……いや百倍しても足りないような王と思ってくれていいけど。その王と、殿下の間には、数年前から深い溝ができているらしいんだ。その理由もいろいろと噂されているけど、いまはそれはおいて、とにかく王は、殿下により厳しい、理不尽な戦《いくさ》を命じてばかりいる。今回のフィール侵攻にしても、王が殿下に与えた兵は、殿下直属の黒騎士団のほかは、信じられないほど少なかった」

「しかも、黒騎士団自体、王子には忠誠を誓っているが、本国ではやっかい者扱いの連中だからな。とはいえ、フィールなんざいままでの戦に比べたら、王子にすれば赤ん坊を相手にするようなもんだったろうが」

クオンがわずかに肩を震わせたのを、ハーデンかラッセは気づいただろうか？

「フィールのほうも、長年の友好国で姻戚《いんせき》でもあるヴァルドランドが攻めて来るとは、夢にも思ってなかったろうしね。まあそれは、フィール王家の甘さでもあったわけだけど。

ただ、あの一人だけ生き残ったお姫様《ひめさま》には、ボクも、少々同情するな」

「ああ……なんて言ったかな、あの姫の名前は」

「……」

エルフィーナ。

胸の中でだけ、クオンはその姫の名を思い浮かべた。長い金髪、透き通る肌。エルイン湖の蒼《あお》と言われた澄んだ瞳に、可憐《かれん》な唇、たおやかな物腰。フィールだけでなく、このラグラジェア地方すべての人々を魅了《みりょう》した、「白の至宝」といわれた姫と、クオンは昼間、城の会議の間で対面した。エルフィーナは、美しさこそ噂を違《たが》えぬものであったが、その表情に生気はなく、蒼い瞳は、哀《かな》しく濡れて伏せられていた。

無論、国を滅ぼされ、父と母を亡くした孤独な姫が、明るい顔をするはずもない。が、姫の悲しげな様子の理由は、それだけではあるまい。

「姫といえども、奉仕の義務を負うのは同じ……殿下らしいやり方ではあるけどね」

そう、恐らくエルフィーナの純潔は、ヴァイスによって無惨に奪われ、いまもなお、辱《はずかし》めは続いている。自殺をすれば国の民をすべて殺すと脅迫され、誇りを守ることも許されず、姫は――。

「どうしたクオン」

思わずかぶりを振ったクオンに、ハーデンが気づいた。いや、とクオンはもう一度首を横に振る。いたたまれない思いは胸に押し込めた。

「だが、なぜあの王子は、そんな回りくどいことをする？」

「回りくどい？」

「ああ。父王の命に従って、フィールを攻めたというだけなら、わざわざ『布令』を用意して、奉仕国家を作る必要はないだろう。おれが王でも王子の本意を怪《あや》しんで、監視をつけるかもしれない」

「……」

クオンの問いに、ハーデンとラッセは顔を見合わせた。

「なぜ王子は、わざわざ自分の立場を悪くしかねないことを……」

「おもしろいから。それだけだとさ」

ハーデンは苦笑して肩をすくめた。

「そう。殿下の場合、基準はすべてそれなんだよね。キミを衛兵に加えた理由も『ヴァルドランドに仇なす者』が、自分のそばにいたらおもしろいから……たぶん、それだけさ」

「……」

今度はクオンが言葉をなくした。おもしろいから——それだけで？　本当に、それだけの理由でエルフィーナは……そして、昨夜のあの娘も……。

「クオン、おめーがいま、何考えてるかはわからなくもねえ。けどよ、これだけは言っとくぜ。王子がどんな人間かは、てめー自身の目で見て決めることだからな」

「そう。そして、誰であれ、殿下の敵はボクらの敵だよ」

ハーデンとラッセが真剣な顔でクオンを見る。クオンは、何も答えずに目を伏せた。

「さて、堅い話はこのくらいにして、そろそろ行くか」

よっと自分にかけ声を入れ、ハーデンが再び歩き出した。この路地を出た少し先に、ハーデンが見つけた穴場の店があるという。

「酒場と宿屋を兼ねてる店だが、料理がうまい。切り盛りしてるのは若い娘で、これがまた、なかなかにいい娘だ」

しかし、ハーデンのあとを行きながら、クオンは少しずつ不安になった。この道は……この先にある宿屋といえば……。

「着いたぜ」

ハーデンが、重たい樫《かし》の木のドアに手をかける。ドアの上には、木彫りの看板。「ギャレットの店」――ああ、やはり。すると、店にいる娘とは。

「いらっしゃいませ……」

細面《ほそおもて》に、ひとつにまとめた長い髪。派手さはないが、よく整った優《やさ》しげな顔、見た目のわりに落ち着いた声。すぐにわかった。この娘は、シーリア・ギャレットだ。

「おう、また来たぜ。今日は三人だ。とりあえず酒と、食いもんを頼む。あんたのお薦《すす》めで構わねえから、じゃんじゃん作って持って来てくれ」

ハーデンは、娘の――シーリアの肩をかるく叩いて、奥の広いテーブルに陣取《じんど》った。ラッセも続いた。クオンは、カウンターの奥で料理をするシーリアを、前髪越しにこっそりと見た。

三年ぶりだ。あのころまだ少女だったシーリアは、いまはすっかり娘らしくなった。クオンは懐かしさに胸を熱くする。ギャレットさんは、ニニアはどうしているだろう。

しかし、そんな感慨は一瞬だった。本来ならどんな娘も花のように輝き、明るいはずの年頃《としごろ》なのに、シーリアの薄茶の瞳は暗く、細い背中はやつれて見えた。いまの彼女が幸福だとは、どうこじつけても思えなかった。当たり前だ。三年前に起きた「あのこと」に加え、突然のヴァルドランドとの戦。そして……奉仕の義務。

少しかがんだ背中と腰のラインを見て、クオンは、昨夜路地裏で犯されていたのは、やはりシーリアだったと確信した。情けない。クオンは膝に置いた拳《こぶし》を握る。おれは、シーリアが辱められるのを目にしながら、何もせず、あの場を去ったのだ。だが、シーリアはいまもおれに気づいていない。当然だ、ここにいる銀髪の、痩せた片目の男があの――

「おうい、酒だ！　酒を持ってこい！」

そこへ、荒々しくドアが開き、すでにすっかり出来上がった様子の男が入ってきた。

「はい。こちらへどうぞ……」

ちょうどクオン達の料理をテーブルに置いていたシーリアは、足どりのあやしい男を助けようと手を差し伸べた。すると、

「あっ！　あ、いやっ」

「へへへ……なんだ、ずいぶんいい女じゃねえか……酒のあとには、アンタを昔《もら》うぜ」

男はポケットからフィル硬貨を取り出し、数枚をシーリアの胸の間に挟んだ。シーリアは、哀しげに顔を歪《ゆが》めたが、黙ったまま、男に身体を撫《な》でさせている。

「ち……せっかくのメシが、まずくなっちまうぜ」

「ってキミ、もう食べ終わってるじゃないか」

小さく吐き捨てるハーデンに、ラッセがいささか呆《あき》れて言った。

「お前らも早いとこ食うなら食え。酒なら、別の店でも飲める」

ハーデンは音をたてて席を立つ。フィールでは、命の危険がある場合を除き、第三者に奉仕を止める権利はない。が、嫌がる女を肴《さかな》に飲むほど、自分たちは悪趣味ではないということか。同意、とラッセも立ち上がる。クオンもあとに続こうとした。

「うう……ぃさん……」

そのとき、ほとんど息にまぎれていたが、シーリアが、昨夜と同じ呟《つぶや》きを漏らした。

立ち止まり、クオンは酔った男の腕をつかんで、シーリアに触れる手を払いのける。

「なんだてめえは」

男は酒臭《さけくさ》い息を吐いてクオンを睨《にら》んだ。

「悪いが、その娘はおれが先約だ」

「……なんだと？　本当か、おい」

男はシーリアに詰め寄った。あ、あの、とシーリアは口ごもる。

「本当だぜ。金もてめえが来る前に渡してある。な、ねーちゃん」

ハーデンが、後ろからシーリアに言った。この場で、酔漢からシーリアを救うには、それより他《ほか》に手はないと、すぐに察しての助け船だろう。

「……あっ……はい、そうです……」

シーリアは、男とクオン達をそっと見比べ、間にうずくまるようにうなずいた。チッと男は舌打ちをして、なら酒もメシもやめだ、と言い捨てて出ていく。シーリアは肩をすくめたままで、ほっと小さく息をついた。ハーデンが、笑いながら顔をしかめたような妙な表情でクオンを見た。なんだろうと思ったら、ウインクだった。

「じゃな、がんばれよ」

言いながら店のドアに手をかける。やれやれ、とラッセは手のひらを天井に向けながら、ハーデンの開けたドアから先に出た。重いドアが再び閉ざされると、店の中はクオンとシーリアの二人になった。

沈黙が流れる。クオンは少し後悔した。こんな形で、この店に、再び関わるとは思っていなかった。シーリアにかける言葉が見つからない。

「あの……お食事……は、お済みでしたよね。あは……」

先に口を開いたのはシーリアだった。

「それでは……二階に、ご案内します……どうぞ」

弱々しく笑って、クオンの先にたって階段をのぼる。

仕方なく、クオンは黙って付いていった。


通されたのは、見覚えがある奥の部屋だった。素朴でしっかりとした作りのベッドに、古い調度品。だが、室内には昔の落ち着きはなく、空気はどこか濁《にご》ったにおいがした。

「何か……珍しい物でもありますか？」

シーリアが後ろ手に鍵《かぎ》をかける。いや、とクオンは首を振って答えた。うつむいて、ドアの前に立ったまま、シーリアは、押し出すようにクオンに尋ねた。

「服は……脱いでもよろしいですか。それとも、お急ぎなら――」

クオンは黙ってまた首を振る。すると、シーリアはそれを急ぎではないと受け取ったらしく、帯の背中に手をまわした。

「では、脱ぎますね」

「――いや。いい」

クオンは、シーリアの手を止めた。えっと怪訝《けげん》な顔をして、シーリアは初めてまともにクオンを見た。クオンのほうが、つい目を逸《そ》らした。シーリアは頭の良い娘だ。何か、気づかれないとも限らない。あえて冷たい顔を作って、クオンは重ねていた手を払った。

「今晩、泊《と》めてくれるだけでいい」

宿代だ、と袋からフィル硬貨を出して、シーリアに差し出す。シーリアが受け取ろうとしないので、とりあえず、ベッドサイドのテーブルに置いた。そのまま壁を向いてベッドに寝る。が、シーリアが出て行く気配がない。

「どうした？　早く出て行け。明日の朝食なら――」

ふいに、シーリアがクスクス笑った。クオンは不審に思って起きた。見ると、シーリアは涙を浮かべ、眉間《みけん》に皺《しわ》を寄せながら、唇だけで笑っていた。

「哀れみ……ですか」

「……」

「どこの誰だか知らないけど……格好つけてないで、抱けばいいじゃないですか。私《わたし》、どうせもう、何人も……何人も何人も何人も抱かれて……っ……」

　優しげな目から、涙がポロポロと落ちて頬《ほお》をつたった。

「なのに、いまさら……お金だけ出して、哀れみなんて……余計に、余計にみじめです！」

「──」

　シーリア、と呼びそうになった唇を、クオンはぐっと噛《か》んでこらえた。彼女はおれに名乗っていない。しかし、仮に名前を呼べたところで、あとに続く言葉は何もなかった。

　シーリアは、何度かしゃくりあげてから、もう一度、皮肉に笑ってクオンを見た。

「買っていただくのは、助かります……うちは、酒場と宿屋も続けているぶん、『奉仕』で納めなければいけない額が、高いんです」

「やめろ……」

　止めても、シーリアはもう聞かず、もう一度、クオンの目の前で帯をといた。困惑しながら、クオンはその場を動くことができない。無理に止めたり、この場を去れば、またシーリアを傷つけてしまう。帯が落ち、シーリアは背中に手を回し、わずかにためらいを見せたあと、袖《そで》を抜いて丸い乳房を見せた。白い肌がランプの薄明かりに照らされる。よく膨らんで谷間の深い、柔らかそうな乳房だった。頂上の乳首はやや外向きで、ポツンと載っているように見えた。クオンの知っていたシーリアは、まだ胸も未熟な少女だったのに、いまのシーリアの乳房は立派だ。いけない。クオンは、ついじっと乳房を見つめた自分が恥ずかしくなった。が、シーリアはとくに気にする様子もなく、無言のままでスカートを脱ぐ。下半身は肩やウエストの細さに比べ、アンバランスなほどに肉づきがいい。みっしりした太腿《ふともも》に挟まれて、白い下着は窮屈そうだ。シーリアは、その下着の両側に指をかけ、自分から、膝まで脱いで裸になった。

「あの……自分で脱いで、よかったでしょうか？」

そこまでしてから、そっと尋ねる。クオンは、何も言えず目を伏せた。いけない、いけないと自分に強く言い聞かせても、目の前の女性の裸には、身体が反応してしまう。いまも、目を伏せる前にクオンは、シーリアの前をしっかりと見ていた。控《ひか》えめに、割れ目に向かって楕円形《だえんけい》を作る毛の生《は》え方が、似ていると、つい思ってしまった。

何も身につけないシーリアが、おずおずと、クオンのいるベッドに近づいてきた。

「どうしますか？　横になりましょうか、それとも、口を使いますか」

「いや、いい――いいんだ、シ……」

「とりあえず、見せていただきますね」

シーリアはベッドに座るクオンの前にひざまずき、ズボンの上から股間《こかん》に触れた。

「よかった。もう、少し、固くなってますね」

「う……」

前を開け、クオンのものを中から取り出し、両手でかるく包んで上下に動かす。クオンのものは、たちまち反応して固さを増した。この三年、クオンは女性に欲情することを、疎《うと》ましくさえ思っていたのに、シーリアの手にあやされると、それは禁欲を解かれたように、ビンビンに震えながら膨らんでいく。目を閉じて、シーリアはそれを口に含んだ。う、とクオンは思わず声を漏らした。

「んッ……ん……んうッ……」

生あたたかい唇が、クオンの敏感なくびれを包んで刺激する。すると、ザラついた舌の中心が、先端の割れたあたりに触れて、微妙な突起が貼《は》りついてくる。頬を窄《すぼ》めて吸われると、背中までゾクリと快感が走った。吸い出す動きに誘われて、そこに、射精感が高まってくる。

「んくっ……」

シーリアは、喉《のど》の奥までクオンのものを深くくわえた。絞り出し、飲み下すように動く喉に先端が挟まれて、クオンの理性がぼんやり緩んだ。慣れている。シーリアは、男のこをどう扱えば良くなるか、すでによく仕込まれて知っているのだ。いけないよ。そんなことを覚えたら、駄目《だめ》だよシーリア……心のどこかでまだ拒みながら、クオンの男としての本能は、シーリアの乳房に手を伸ばしていた。

「んうっ！」

くわえたままで乳首をつままれ、シーリアの喉がまたキュッと締まった。指先で、クオンはさらに乳首をこねて愛撫《あいぶ》してやる。

「ン、ンン……」

だめだめ、というように首を振るシーリア。しかし乳首は固くなった。しゃぶりながら、男に乳首を弄《もてあそ》ばれて、シーリアは興奮しているのか。いまごろ、太腿に挟まれたあの部分は、もう柔らかく濡れているのか……。

「んんッ……う、んッ……ん……」

口の中で、またクオンが大きくなったのを、シーリアもはっきりと感じたらしい。動きを速め、根もとに手を添えてかるく動かしながら、唇で何度もいいところを擦る。唾液《だえき》が溢《あふ》れて、唇の周囲やクオンのものを透明に濡らした。頭の上でひとつに束ねた髪が揺れ、シーリアが激しく吸いつくたびに、ジュル、ジュルルッと品のない音がする。クオンの腰が重くなってきた。先端が別の生き物のように張りつめてくる。と、お願い、ここで作った精子を私に下さい、と促すように、シーリアの手が、そっとクオンの袋を包んだ。待ちかまえるように、唇が吸いつく。たまらず、クオンはシーリアの口に、勢いよく精液を放ってしまった。

「んあっ！」

瞬間、シーリアが唇を離して口内を避けたため、精液はシーリアの顔中に散った。ビクッ、ビクッとクオンの先端が断続的に震えるたびに、シーリアの、しゃぶり続けて紅潮した顔が、白い液体で汚されていく。クオンはただ、放出を続けながら、ぼんやりとシーリアの顔を見ていた。

「……うう……はあ……」

まだ苦しげな息を吐きながら、シーリアは、クオンが放出をすべて終えるまで、精液を顔に浴び続けていた。


「……」

終わったとたんに、クオンは激しい後悔に襲われて、うずくまるようにベッドに倒れた。

「あの……」

「もういい。これで、君を哀れんだことにはならないだろう。いいから、もう出て行ってくれ」

「……わかりました」

服を整え、シーリアが出ていく気配がしたが、クオンは壁を向いたまま、振り返ろうともしなかった。

――おれは……。

ひとりになると、クオンは思わず、目の前の壁を拳で叩いた。

路地裏で通りすがりの男に犯され、店では酔漢に絡まれながら、シーリアが、こっそりと呼んでいた。

――い、さん……。

兄さん。

あれは、誰でもないおれのことではなかったか？

三年前にこの店にいたころ、シーリアはクオンを兄と呼び、クオンはシーリアを妹と呼んでいた。この店の主人、ギャレットの長女フェリアはクオンの妻だったから。

……あのころのおれは、幸福だった。命の恩人《おんじん》のギャレット氏がいて、その娘である大事な妻と、シーリアとニニア、かわいい義妹たちがいた。平凡でも、あたたかい日々に満たされていた。けれど、いま店にはシーリア一人しかいない。みんな、なぜ——どこへ行ってしまったのか？

そんな中でも、シーリアは、三年前にここを出て行ったきりのおれのことを、いまも待ち、兄と呼んで助けを求めていたはずなのに。

おれは何ひとつできないどころか、逆に、かつては妹とも呼んでいた彼女に欲情し、淫《みだ》らなまねをしてしまった。

クオンはもう一度壁を叩いた。

奉仕国家が憎い。おれの幸福をすべて奪った、ヴァルドランドの王家が憎い。

私設衛兵となることで、きっかけはすでにつかんでいる。

バンディオス王、そしてヴァイスアード王子。

二人とも、必ずおれの手で殺してやる。

第二章　涙と嘲笑

私設衛兵としてのクオンの一日は、朝の会議への出席から始まる。

出席といっても、衛兵達に会議への発言権はなく、玉座近くのカーテンの陰《かげ》に控《ひか》えているだけだが、国のおおよその状態を知るには十分だった。

「今朝はまず、フィール義勇軍の残党処理に関するご報告から行います。現在、国境付近の森に潜伏していると思われる者のおおよその数は――」

大臣であり、王子の侍従でもあるルージア卿《きょう》が、国事に関する議題を提出。ヴァイス王子はひとつひとつに判断を下して、他《ほか》の大臣達に仕事を割り振る。指示は素早く、的確で、クオンは、ヴァイスの人格がどうあれ統治者としての能力は高いと、認めないわけにはいかなかった。

「ご報告は以上でございます。以下は、侍従として少々、殿下に申し上げることですが」

「始まったぜ……長いぞ、じいさんのお説教は」

ハーデンが小さくため息をついた。

「うんざりなのは殿下も同じさ。それでも、ああして一応は聞いているあたり、ルージア卿のことは信頼している証拠だね」

ラッセが言う。クオンから見てもルージアは、忠義一筋の頑固《がんこ》な男で、ヴァルドランドから来ている貴族で唯一、好感の持てる人物だった。

「……ゆえに、私《わたし》は殿下に、未来の国王たるべく一層のご自覚をお持ちになり、夜遊び等はお控えくださいますようお願い申し上げる次第でございます。と申しますのは」

「まあまあ、そのくらいになさってはどうです、ルージア卿」

同じ説教が三周めに入ろうとしたあたりで、ルージアの次席のバディゼが止めた。

「殿下といえどまだお若いのですから、いろいろと、お楽しみになりたいのも道理でしょう。また、高貴なお立場であるゆえに、いまや全員が娼婦《しょうふ》となった卑《いや》しいフィールの女たちが、どんなものかと好奇のお心を抱くことがあっても……ほほほほ」

でっぷりと太った腹の肉を揺らして、慇懃《いんぎん》に笑う。いやな笑いだ。

「おれは、自分のことは自分で決める。では、本日の会議は以上」

ヴァイスはどちらにも味方しない。バディゼはフンと鼻を鳴らし、ルージアはなお物言いたげだったが、ヴァイスはさっさとその場を切り上げ、衛兵達に目で合図した。

「行こうぜ」

クオンもハーデン達とともにヴァイスのあとを追う。会議が終わればもう昼食で、午後はたいてい、ヴァイスは剣技場で腕を磨《みが》いている。今日もおそらくそうなるだろうが、日によっては、ラグラジェアの歴史書などを読むこともある。もちろん、城のメイドにちょっかいを出して、物陰で楽しむこともある。そのたびに、クオンはこっそりと、ヴァイスの隙《すき》を窺《うかが》ったが、暗殺の実行には至らなかった。たいていの場合、ヴァイスの周囲には、自分の他にも誰《だれ》かしらがいる。中でもとくに、仮面の剣士ズゥは不気味だ。誰とも話すこともなく、文字どおり、影のようにヴァイスのそばにいるのだが、気配はヴァイス以上に隙がない。クオンがヴァイスの様子を窺っていることも、ズゥは気づいているかもしれない。直接手合わせをしたことはないが、ハーデンによれば、腕のほうも「恐ろしいほど」つかえるという。ヴァイスを狙《ねら》うクオンにとって、当面の一番の壁はこのズゥだった。

「……」

いまも、気がつけばズゥはクオンのすぐ横にいる。クオンの心を見抜いたように、仮面の奥の目がじっと見ていた。クオンの背中が冷たくなった。

だが、ひとつだけ――ヴァイスの警護が、一人きりの持ち回りになる機会がある。つまり、クオンがそれを受け持つ日は、ズゥも含め他の者はそばにいないのだ。しかも、どういうわけだか、ヴァイスはそれをしばしばクオンに命じた。絶好――しかしクオンは、自分にその機会が活《い》かせるとはとても思えなかった。

それは、夜の警護。

ヴァイスがエルフィーナ姫《ひめ》を抱いている間、姫の寝室のバルコニーや、あるいは物陰に潜むという、じつに気が重い仕事だった。


一部始終は、当然すべてクオンの目と耳に入ってくる。

「今日はお前に、新しい快感を教えてやるぞ」

ベッド脇《わき》の長椅子《ながいす》に背中で座り、長い脚《あし》を持て余すように投げ出しながら、ヴァイスが、ニヤニヤと笑ってエルフィーナを見る。エルフィーナは、ヴァイスが彼女を辱《はずかし》めるために用意させた、わずかな布地だけを身につけている。乳房の部分だけをくりぬいた服は、大きな乳房を根もとから強調するように食い込んで、胸の付け根は赤くなり、乳房全体は白い肌の中でもなお白く、絞りあげられて張りつめていた。そのためか、先端の乳首までがピンと上を向いて反《そ》り返り、いまあの乳房を揉《も》み絞れば、出ないはずの母乳がビュッと飛び出るのではないかと思えた。下半身は白い小さな下着一枚、あとは、手袋とガーターベルトで吊った長い靴下《くつした》を身につけた姿のエルフィーナ。おとなしそうで、まだいくらか幼い面影の残る顔立ちに似合わない、大きすぎるほどの乳房を見られて、蒼《あお》い目は潤《うる》み、唇はずっと震えている。

「うつぶせになれ」

ヴァイスはエルフィーナの背中を押して、ベッドに倒す。

「尻《しり》をたてて こっちへ向けるんだ」

「う……」

エルフィーナは、辛そうな顔のまま、そろそろと言われたとおりのポーズをとる。

「ふふん、もう割れ目のスジが湿ってるじゃないか。裸になって男に乳を見られるだけで、感じるようになってきたのか？」

「違いま……あっ……いやっ……」

薄笑いを浮かべて、ヴァイスは差し出されたエルフィーナの尻の割れ目から、奥に向かって指を這《は》わせた。少しずつ、差し込む指を深くしていき、下着の布地を食い込ませていく。柔らかな布地はすぐに割れ目に吸い込まれ、そのたびに、ふっくらとしたあの部分の肉が、少しずつ下着からはみ出てくる。

「ほら、もう下着が食い込んだきり戻ってこないぞ。お前の中が湿って貼《は》り付いてるのがわかるだろう」

「うっ、あ……」

擦《こす》られているところから、微妙に濡《ぬ》れた音がするのが、クオンの耳にも聞こえてきた。

「処女喪失から一月もしないうちからもうこのザマか」

「う……そ、それはっ……あなた、が……」

「おれが？」

ヴァイスは股間《こかん》に食い込んだエルフィーナの下着をぐいと持ち上げた。

「ああッ……いた……！」

エルフィーナは、下着で腰を吊られたような姿勢になって、丸い尻肉を震わせる。

「調教されている奴隷《どれい》のくせに、生意気な口をきくんじゃない」

「う……」

「初めてだから、少しは優《やさ》しく教えてやろうかと思ったが、甘やかすのは止《や》めにする」

言葉は叱《しか》りつけているが、ヴァイスは片頬《かたほお》で笑っていた。

「尻を出せ」

「え……っ」

「この姿勢のまま、自分で下着を脱いで見せるんだ。尻の肉を両側に手で開いて、お前の尻の穴を晒《さら》してみろ」

「そ……そんな……！」

姫は驚きの高い声をあげ、できません、とつよく首を横に振る。

「できないわけはないだろう。お前は、おれに買われた売春婦だ。売春婦が、客の要求を拒む権利はない」

「でも……でも……わたくしは……」

エルフィーナは涙声になる。するとヴァイスはますます愉快そうに声を高くして、

「まさか、後ろの穴だけは、クオン様のために処女を守るとでも言うつもりか？」

ヴァイスの口から出た名前に、クオンは思わずびくりとした。

「まさかな。マ×コに何度もおれの精液を溜《た》めておきながら、尻で言い訳できるわけがない。クオン王子も、あの世で苦笑《にがわら》いして見ているさ」

「やめて……言わないで……」

エルフィーナは哀《かな》しく目を閉じる。長い睫毛《まつげ》の間から、涙がまっすぐに頬をつたった。

クオン王子。ヴァルドランドの先王カルディアスの第一子であり、エルフィーナ姫の婚約者でもあった青年。だが彼は、十年前に父王とともに馬車の事故に遭《あ》って以来、その消息を知る者はなく、おそらくは、もう世にないものと思われている。そのクオン王子を、いまもエルフィーナが想《おも》っている？　――ばかな。クオンはそっとかぶりを振った。も

ちろん、ヴァイスにもエルフィーナにも、クオンの反応など見えていないはずだが。

「まあ、お前の気持ちがどうであろうと、こうして調教を続けてやれば、いずれ身体《からだ》は淫《いん》乱《らん》な娼婦になるさ」

ヴァイスはエルフィーナの背中に散った細い金髪に指を絡めて、耳もとに口をつけて囁《ささや》いた。ひ、とエルフィーナは首をすくめる。

「さあ、早く言われたとおりにしろ。自分で脱いで、尻を広げて見せるんだ。そうだ、それから『公女エルフィーナ・フィーリアンのお尻の穴に、いやらしい躾《しつけ》をしてください』と言え」

「……」

あまりにも屈辱的な命令に、エルフィーナは声も出ないらしい。

「どうした？　わかっているだろうが、お前が奉仕の義務を拒めば、フィールの民は」

「う……ううっ……」

首を振り、エルフィーナは顔をシーツに埋めた。だが、国の民を人質にとられれば、従うよりほかにないだろう。民に慕《した》われた王家の中でも、とくに優しく、おとなしく、ときに気弱とまで言われた姫だ。その姫が、いまそっと、細い指を下着の腰紐《こしひも》に絡めている。震えていくぶん手間取ったが、左右の結び目はハラリととけた。が、ぺったりと股間に食い込んでいる布は、尻から剥《む》いてはがさなければ取れそうにない。うう、と小さく啜《すす》り泣《な》きながら、エルフィーナは下着の布をめくって、自分からそれを脱いでしまった。隠されていた暗い割れ目が燭台《しょくだい》の灯《あか》りに照らされる。お尻から、前へと続く肉の丘には、周囲に邪魔な毛がほとんどない。そのために、いじられて吐き出した透明な蜜《みつ》が、そのまま尻や太腿《ふともも》のほうまで溢《あふ》れている。ヴァイスは突き刺すような目で、じっくりとそこを観察した。

「さあ。あとはどうするか、わかっているな？」

エルフィーナがそれをためらっていると、ヴァイスはエルフィーナの左右の手を取り、それぞれを、お尻の山にあてて置いた。

「うう……」

丸く柔らかそうな尻の肉に、エルフィーナの指が少しずつ食い込む。徐々に開いていくにつれ、奥の窄《すぼ》まりが晒されていく。白い尻肉に比べてややくすんだ桃色の丸い皺《しわ》。中心が、わずかに突き出した唇のように盛り上がり、そこにポツンと小さく穴がある。

「ほう……ここが、お姫様が糞《くそ》をひねり出す穴か」

ヴァイスがイタズラで穴を塞《ふさ》ぐように指を置く。ひ、とエルフィーナは広げた腕を外そうとしたが、もちろんそれは許されず、ヴァイスは、姫みずからが広げるポーズを長く命じた。エルフィーナは啜り泣きながら、じっと恥ずかしい姿勢を続けた。

「いい格好だ。次はなんと言うんだ？」

「う……っ、う……こ……公、女、エルフィーナ……フィーリアンの……あ！」

ヴァイスは、エルフィーナの前を濡らした蜜を指にすくって、穴の周囲に塗り始めた。

「いやあっ！」

「お前が早く言わないから、先に準備をしてやるんだ。ほら、続きを言え」

「つく……うう……」

ヴァイスは何度もエルフィーナの恥ずかしい穴を指でつついた。そのたびに、可憐《かれん》な丸い窄まりが、キュッと縮んで皺になった。すると周囲に塗られた蜜が、少しずつ、穴の内側まで入っていく。んん、いやっとエルフィーナはモジモジ腰を動かした。

「おいおい、よがるのはまだ早いぞ？　最後までちゃんと言ってからだ」

「くうっ……あ……」

しかしヴァイスは蜜を塗り込む動きを止めない。一瞬、エルフィーナが顔をあげると、穏やかなはずの眉《まゆ》は苦しげに寄り、あどけない唇はきつく噛《か》みしめられていた。

「どうした。言え！」

ヴァイスが低く、本気混じりの声で威圧する。エルフィーナは怯《おび》えたように身をすくませて、噛んだ唇を、おずおずと開いた。

「あうっ……う……あ、あ……エル、フィーナ、フィーリアンの……お、お尻……の、穴に……いやあっ……」

くじけて、また顔を枕《まくら》につけてしまう。が、途中で止めることもできない。

「……いやらしい、躾を、してください……うっ！　あ、ああっ！　痛い！」

「よし。望みどおりに、お前の尻を躾てやろう。マ×コと同じように感じて、男のものを入れたがる尻にしてやる」

「くううっ！　……うう……」

蜜で滑らせた入口に、ヴァイスは、自分の中指を差し込んでいる。エルフィーナは、そこを診《み》てもらう病人のように、みずから尻を広げたまま、ヴァイスの出し入れを許すしかない。いや、ああと苦しそうな声をあげながら、ヴァイスに調教されているエルフィーナ。

クオンは、この場を去れるものなら去りたいと願いつつ、熱くなる身体の芯《しん》を呪った。エルフィーナの悲しげな顔とは裏腹に、シーツに伏せて平たく歪《ゆが》んだ大きな乳房も、アンバランスに細いウエストも、長い腕も、ハート型の尻も、すべてが男を誘うかのように淫《みだ》らだった。

「んんっ……ん、うう……い、たい……」

「嘘《うそ》をつけ。こっちはそろそろ、指に慣れてきて開いているぞ。これなら、もっと太いものも入るだろう」

「いやあっ……う、んッ……ん……」

エルフィーナはいやいやをしているが、たしかに、ヴァイスが出し入れしている穴は、二本目の指も飲み込んで、前からはさらに蜜が溢れていた。清らかで姿の美しい姫が、汚い物を出す穴を晒し、いじられ、その快楽を少しずつ仕込まれていくさまは、クオンのようにその性癖がない人間にとっても、十分に刺激的だった。

「そろそろいいな」

「あ……」

ヴァイスが、ずるりと指を抜き出した瞬間、エルフィーナは背中を大きく反らし、ふたたび顔を持ち上げた。その顔は、前よりもいくぶん弛緩《しかん》して、その穴に何かを入れて出すことが、苦悶《くもん》ばかりではないと教えていた。

「ふふふ。二度目の処女喪失だな」

ヴァイスはベッドで膝立《ひざだ》ちになり、エルフィーナの腰を抱えて引き寄せる。数回、自分のものをエルフィーナの股間に往復させて蜜を塗り、縦に開いた前ではなく、丸い後ろに照準をあてた。あてがうと、ヴァイスの先端とエルフィーナの穴には、あまりにも大きさの違いがある。いくら指でほぐしてあるとはいえ、挿入《そうにゅう》には、かなりの無理があるはずだ。

「いや……いやあ……」

エルフィーナの声は、本気で怯え、震えている。しかしヴァイスは薄く笑って、いくぞ、とそのまま無理に突き進んだ。

「あううっ！　い、痛いぃーっ！　痛い、いたい、いや、いやあああっ！」

エルフィーナは、たちまち引き裂かれるような悲鳴をあげる。たおやかだ、可憐だと言われた姫のそれとは思えないような、天井にはねかえりそうな絶叫だった。

「んッ」

ヴァイスもいくぶん顔をしかめる。が、逃げようとする尻を捕まえ、なおも深くそこへ入ろうとする。まだ先端の、半分も中に入っていない。ヴァイスは、すっと手を回し、前からエルフィーナの股間に触れた。

「あっ！」

恐らくは、指でエルフィーナの割れ目を開き、敏感なクリトリスに触れたのだろう。その部分に快楽を与えることで、進めやすくするつもりなのだ。

「いや、っ……ん……ッ……いや」

予想どおり、エルフィーナの声が甘くなり、力の抜けた息が漏れる。そこを狙って、ヴァイスは一気に先端を入れた。

「ああああうっ！　やめて、やめて抜いてください……痛いッ、痛いいっ!!」

だがやはり、エルフィーナは痛がって泣いている。小さな穴が、男のものでミリッと音をたてそうなほどに広げられ、伸びきった皺が逆にはち切れて出血し始める瞬間が、クオンの目にも見えるようだ。

「なに、一番太いところはもう入ったから大丈夫さ」

ひいーっと長い悲鳴をあげる姫にかまわず、ヴァイスはそのまま腰を進めた。

「ふふふ……奥まで全部、入ったぞ」

ヴァイスは満足げに息をついて笑った。エルフィーナはシーツを握りしめた。

「お腹《なか》が……お腹が、痛いです……っ……」

「それが尻の奉仕だ。我慢しろ。このまま、腹の中で出すまで動くぞ」

「う、んあっ！　いや、痛いっ、ふああ、痛い、いやあ……あうっ……ああぁ！」

言葉どおり、ヴァイスはエルフィーナの中をかき回すように腰をうちつけて、前後の動きを繰り返した。

「痛い！　痛い、くう、うう……痛い……」

出し入れのたびに、ニチニチと、結合部が水っぽい音をたてる。エルフィーナのお尻が切れて滲《にじ》んだ血が、結果的に潤滑油のはたらきをしているらしい。

「くくく……いい眺めだ。尻の穴から、太い男のものを出し入れしているお姫様か……」

言葉でなおエルフィーナを責めながら、ヴァイスの顔も、いくぶん上気して見えた。狭い中にはめているのだから、締めつけも、相当にきついのだろう。ヴァイスのものは、エルフィーナの腹の中で膨れて大きくなる。排泄《はいせつ》のための小さな穴は、性器としてどんどん広げられ、やがて、たっぷりと精液を注入される。精液は腹の中で逆流し、姫はすぐにつよい排泄の欲求に苦しみ出すに違いない。そうと知ってヴァイスはどうするだろう。おそらくは、自分の目の前で、それをしろと命じるのではないか？　犯される以上にある意味辛く、屈辱的なあの行為を……。

「ひいっ……ああ、痛いっ……お腹が、お腹が……あう……」

叫びすぎてかすれているエルフィーナの声を聞きながら、クオンは、いつの間にか、まるで自分がエルフィーナの尻を犯しているような感覚に包まれ、興奮していた。止めろ、お前は自分の目的と立場を忘れたのか、姫があまりに哀れではないか、止めろ。と、理性は必死に叫んでいるのに、肉体は反応し、欲望を強く訴えてくる。もはや拷問《ごうもん》に近かった。高くあげられた姫の丸い尻が、押しつけられて歪みながらお上下に揺れている乳房が、クオンをひどく苦しめた。

「よし……そろそろ、中に射精《だ》してやるか」

ヴァイスの動きがより速まった。

「んああ……うう……ん、や、んあっ……う……」

背中に散るエルフィーナの長い金髪が、ゆらゆらと横に波打った。くう、とエルフィーナが高く啼《な》いたのと、ヴァイスがふっと表情を緩めて動きを止めたのが同時だった。

「あ、あ……」

少しの間、ヴァイスはじっと動かない。おそらくいま、エルフィーナの中に、ヴァイスは精液を放っている。エルフィーナは、押さえられて動くこともできないまま、閉じていた目を見開いて、呆然《ぼうぜん》とそれを受け入れていた。

「ふうっ……」

ヴァイスは、何度か腰を打ち込んで、最後の一滴に至るまで、すべてを、中に出し終えたらしい。ずるりと、中からそれを抜き出した。ああ、とエルフィーナがまた微妙な声で尻を揺すった。引き出される動きに、苦痛ではないものがあるのだろうか。

「うっ……う……」

まだ尻を高くあげたまま、エルフィーナは顔を覆って泣いた。下半身が震えて動くたび、血の滲む穴から、白濁した液体が溢れ出して股間をつたって落ちた。

泣き続けるエルフィーナの声を聞きながら、クオンは、がっくりと肩を落とした。


辛い役目から解放されて、クオンが宿に戻ったのは深夜だった。

「あ……おかえり、なさい」

ドアを開けると、シーリアが奥からそっと声をかけてくる。まだ台所の仕事が残っているらしい。目が赤く、束ねた髪がほつれているのは、また客の相手をしていたからか？

あちらでも、こちらでも、犯されて泣く女ばかりだ……。

クオンは、初めておおっぴらにため息をつく。

「……あの」

クオンがカウンターへ近づくと、シーリアは少し戸惑う顔をした。クオンが、今夜は奉仕を求めると思ったのだろうか？　最初に半ば強引にそれをして以来、クオンは一度もシーリアに奉仕させることはなく、ただ宿と食事だけを望んだから。

「手伝おう」

「えっ……」

だが、クオンは台所の片づけを始めた。シーリアはいっそう戸惑っているが、気にせず、クオンは汚れた鍋《なべ》を洗ったり、食材を倉庫へ運んだりした。まるで勝手を知っているかのようなクオンの動きに、シーリアは目を丸くしている。二人でやると、片づけは、あっという間に終わってしまった。

「ありがとうございます。でも、どうして……？」

エプロンで手を拭《ふ》きながら、笑い半分、困惑半分の顔でシーリアが尋ねる。

「わからない」

クオンは無愛想に言って視線を外す。ただ、辛そうでない女の顔を見たかったのだが、そう口に出すのにはためらいを感じた。

シーリアは、そんなクオンの反応に、かえってほっとしたらしい。

「あの……お名前……お仲間の方が呼んでいらした……クオンさん、とおっしゃるのですか？」

「――ああ」

もうひとつの、シーリアがよく知っている名前を名乗ったら、彼女はどんな顔をするだろう。

「もし、これからもこの宿にお泊《と》まりになるなら、クオンさんとお呼びしてもいいですか？私は、シーリア・ギャレットと申します。よろしければ、シーリアと呼んでください」

「シーリア……」

「はい、クオンさん。今日はありがとうございました。おやすみなさい」

シーリアは、今度はわずかだがはっきりと笑顔を見せて、奥の自室へとさがっていった。

その笑顔が見たかったはずなのに、クオンの胸はなおキリキリと痛むのだった。


　翌日は、会議のあともヴァイスに長い仕事が残った。警護は騎士《きし》のナスタースが申し出たため、衛兵は、フィランの街を見回りに出ることになった。

「本来は、こんなのオレ達の仕事じゃない……ナスタースのヤツ、自分が殿下のそばにいたいから、仕事を放棄してるんじゃないか？」

「何言ってんだ、おめーじゃあるまいし。あいつは、こういう空気が苦手《にがて》なんだろうよ」

　ぶつくさ言うラッセをハーデンがたしなめ、広場から大通りを見渡した。

　たしかに、一国がすべて売春街と化している街は、昼間から、物欲しそうな目の男がうろつき、あちこちから、あやしい女の喘《あえ》ぎが聞こえてくる。その気がなくても落ち着かない気分になるところで、見回りをするのはやりにくいだろう。ヴァイスは「布令」でこの国を奉仕国家にすると同時に、奉仕以外の強制的な行為——物資の略奪や、建物《たてもの》の損壊、放火、そして暴力や殺人などを厳しく禁じた。違反する者は容赦なく捕らえ、その場で死罪を含む厳罰とした。そのため、フィールは少なくとも、血と炎にまみれた敗残国の姿を晒すことだけはなく、現在の状況を保っている。

「じゃあ、とりあえず手分けして、そのへんを一回りしてくるか。終わったら、とくに変わったことがなければ、あとはそのまま解散して、報告は明日でいいそうだ」

ハーデンの仕切りで担当を決め、クオンも、あてがわれた一角をひとりで歩いた。路地には角ごとに女性がぼんやりと立っている。途中、何人かに声もかけられたが、クオンは首を振って断った。「奉仕」の義務をこなすため、嫌でも客をとらなければならないことがありありとわかる様子で寄って来られても、暗い気分になるだけだった。

女性をめぐる小競り合いを一件仲裁した程度で、とりあえず担当の区域に異状はない。帰るか、と宿のほうへ歩き出したところで、また女の喘ぎ声が聞こえてきた。

「あっ……あ、んっ……う……ああっ……」

窓から漏れる声ではない。路上で奉仕か。目にしたくないな。しかし、この路地を曲がらないとひどく回り道になる。どうするか、と少し迷っていると、男が上機嫌な顔で角から出てきた。ちょうど、終わったところらしい。女があとに続いて出てきた。まだ少し乱れている衿《えり》を直しながら男に手を振って、かるく首をかしげる。

「ふふふ……またよろしくね」

男は若干後込《しりご》みしながら手を振り返して去っていく。はあ、とクオンは少しだけ驚いた。女は奉仕を楽しんでいるらしい。そんな女も、中にはいるのか……まあ、この状況ではそれがむしろ賢いのかもしれないが……と、複雑な思いでやり過ごそうとした。

　ところが、男の姿が消えるや否や、女の顔が一変した。フンと片頬で笑ったと思うと、嫌悪をあからさまにして、男の去った方角に、ペッと唾《つば》を吐き捨てる。思わず、クオンは女をまじまじと見た。女の身体つきはすらりと細く、頭が小さく、手足が長い。きりりとした少年のような顔だちに、青みがかった不思議な色の髪は顎《あご》のあたりでばっさりと短く、非常に身軽そうに見えた。

「……何見てんの？」

　女が気づいて向き直った。つよい目に、やや皮肉っぽい薄い唇。美形だ、と素直に感心してしまう。

「あんたも、私を抱きたいの？」

　腰に手をあて、切れ長の上目づかいで挑んでくる。

「……いや」

　それは止めておく、とクオンはかるく視線を流した。女は少し拍子抜けした顔をしたが、クオンは苦笑をかえしただけで、そのままそこを去ってしまった。

　あの女が、何を考えて、あんな態度をとっていたのかはわからない。が、自分には関わりのないことだ。きっとどういう状況下でも、うまくやっていくタイプだろう。

　振り向かずに、クオンはまっすぐ宿へ向かった。

「お帰りなさい……あ」

　店を掃除していたシーリアが、顔をあげ、こちらを見てすぐに口調を改めた。

「いらっしゃいませ」

「？」

視線の先が、クオンではなくその背後にあると気づいて振り返る。するとそこには、さっきの女が、しれっとして立っているではないか。

「あら、お兄さんもここで食事？　偶然ね」

「……」

偶然で、すぐ後ろに立っているものか。尾《つ》けられたか——しかし、そんな気配はなかったはずだが……。

「せっかくだから、一緒にどう？　お姉さん、私、このお兄さんと同じテーブルね。お酒にグラスふたつ、あとお姉さんのお薦《すす》め料理を、適当に見繕《みつくろ》って持ってきて。大丈夫よ、私、男にも食べ物にも好き嫌いないから」

「……はい」

かしこまりました、とシーリアはカウンターの奥へ向かった。どことなく、がっかりした後ろ姿に見えるのは、クオンの考え過ぎだろうか。

「じゃあ、さっそく私たちの出会いに乾杯しましょうよ」

女はクオンの腕をとり、隅《すみ》のテーブルにつかせて向かいに座った。運ばれてきた酒をさっそくグラスについで、ひとつをクオンに向けて差し出す。

「遠慮しないで。どうせ、さっきの男にもらった金よ」

「……というか、おれが断ると思っていないのか」

「そうね、言われるまで気づかなかった。だってお兄さん、優しそうだもの。落ち込んでる女性がそばにいたら、話し相手になってくれるだろうなって」

おれが優しい？　しかも、この女が落ち込んでる？

「あ。私のこと疑っているでしょう。ひどいなあ、これでも無理して、精一杯、明るく振る舞っているつもりなのに……」

女が拗《す》ねたように目を伏せた。きっちり揃《そろ》った睫毛が微妙な影になる。

「――いや」

クオンは、グラスを手にとった。すると女はクスクス笑って、

「なんてね！　やっぱり、お兄さん優しいのね！」

クオンはグラスを置いて立ちあがる。待って、待ってよと女はクオンの腕をとり、ごめんなさいと頭をさげた。

「一人で食事したくないのは本当なの。お願い、もうからかわないから付き合ってください」

「……おれには、面白い話なんかできないぞ」

「私、寡黙《かもく》な男も好みだから」

本当か、と思いつつ、クオンはふたたびテーブルについた。まあ、騙《だま》されていたところで、たいした痛手があるわけでもない。せっかくのシーリアの料理なのだし、頑固に断ることもないだろう。

「名前、まだ訊《き》いてなかったわね。私、ナグロネ。お兄さんは？」

「クオンだ」

「ふうん……クオンさんかあ」

その名に驚くかと思ったが、ナグロネは平然と受け入れた。湯気をたてる料理が運ばれてきて、ナグロネはにこにこしてさっそく手をつける。

「ん……おいしい。このスープ、肉も野菜もすごくいい味」

わ、これもおいしい、このパンも……と、ナグロネはいちいち感動しながら、他愛もないことをひとりでしゃべり、細い身体でずいぶん食べた。クオンはほとんど酒だけで、ときどき「うん」とか「いいや」とか、ナグロネの話に相づちをうった。とりあえず、食欲としゃべりを見るかぎり、落ち込みは深刻ではなさそうだった。

「ふうっ……ごちそうさまぁ」

やがて、ナグロネは満足げな顔で木の椅子にもたれた。

「じゃあ、ここは私がご馳走《ちそう》して……あれ？」

懐《ふところ》を探りながら怪訝《けげん》な顔をする。クオンはいやな予感がした。

「どうしよう……お金、どこかに落としちゃったみたい」

と言いながらクオンをまっすぐに見るあたり、本気で困っているわけでもあるまい。どうせ、始めからたかるつもりでついてきたに違いない。クオンはもう、わざわざ腹をたてるほどの興味もわかず、自分の金袋から硬貨を出して、食事代としてシーリアに渡した。

「ごめんなさい」

ナグロネがペロリとピンクの舌をのぞかせる。クオンは何も答えずに、奥の階段をあがろうとした。すると、ナグロネはまたあとからついてくる。

「なんだ。もう余計な金は1フィルもないぞ」

「違うの。私がご馳走するって言ったのに、逆になっちゃって申し訳ないから」

ナグロネはクオンより高い段にあがると、クオンの両肩にそっと手を置いた。

「そのぶん……、身体で、払わせて」


いいと言ったのにナグロネは部屋まで無理やりについてきた。

「どうして？　私、そんなにあなたから見て魅力《みりょく》ない？」

「そうじゃない」

魅力がないと思う相手なら、あえてここまで付き合っていない。

「じゃあ……娼婦なんて、抱くのが嫌？」

「違う。それに、あんたもやりたくてやっていることじゃないだろう」

「……そうね」

ナグロネが初めて、ふっと真面目《まじめ》な顔をした。

「でも、馬鹿《ばか》な男どもからお金巻き上げてると思えば、少しは気楽よ」

路地で見せた態度の豹変《ひょうへん》は、そのせいか。

「でも、クオンさんは別。この街の男にしては目が醒《さ》めてるし、包帯だらけの身体も危険な感じ……」

ナグロネはクオンをまっすぐに見つめて近寄ってきた。白い手が、クオンの痩《や》せた胸にそっと触れ、そのまま身体ごともたれてくる。服ごしに、細身のわりにしっかりとある、乳房の感触が伝わってくる。

「おれは、それほど優しくしないが」

「荒々しいのも、じつは好みよ」

――なんだ、本当になんでもいいのか。苦笑して、クオンはナグロネをぐっと抱きしめた。やり返すように、ナグロネは抱かれながらみずからベッドへと倒れ込む。くちづけると、飲んでいた酒の匂《にお》いがした。前を開き、めくりあげて乳房を晒してやる。ツンと高くて、底がしっかりと丸い輪郭を作る乳房があらわれる。エルフィーナの見事なまでのそれに比べれば小さいが、細い身体とバランスのいいきれいな乳房だ。クオンはそれを下から両手で包む。柔らかい。生でこの感触を味わうのは久しぶりだ。しぜんに、揉みながらクオンの唇が乳首に近づく。乳輪は楕円形《だえんけい》の輪郭がやや濃いベージュ、中央に従ってピンクに近づき、乳首の頂上は淡いピンクだ。小指の爪《つめ》半分ほどの高さで、やや反って上を向いている。チュウ、とクオンは音をたてて吸った。

「あっ……」

右から、じっくりと口の中で乳首を転がしてやり、左は指先で丸めてやる。

「ん……い……」

ナグロネは、すぐに甘い声で啼き始め、クオンに乳房を預けるように胸を反らして身体をひねり、そっと、自分から下半身を脱ぎ始めた。下着から抜き、スカートも脱いで、あっさりと全裸になってしまう。長い脚は森の獣《けもの》のようにしなやかで美しい形をしているが、ところどころ、白く怪我《けが》をしたあとがある。これは、刃の傷痕《きずあと》だ。それも、戦いの傷だとクオンにはわかる。

「ごめんなさい。脱がせるの、好きだったかしら？」

だがナグロネはクオンの視線に気づかないふりで、その脚をかるく絡めてきた。

「いや」

クオンは膝から撫《な》であげるようにナグロネの太腿に手を滑らせ、黒い翳《かげ》りの部分に触れた。少ないが、きれいに中心を覆う茂みをかきわけ、指を差し込む。すぐに小さな芯を感じた。触れられることをじっと待っていたかのように、熱く固い。クオンはそっと撫でてみた。ンンッ、とナグロネは肩を揺すった。指の下からたちまち蜜が溢れてくる。もっと、とせがむようにナグロネは脚を開いてきた。

「見て」

赤くパックリと割れた女の場所を、見せつけるように指で広げる。肉の薄い襞《ひだ》は蜜で光り、襞のわりに大きめのクリトリスは、欲望にぷっくりと膨れていた。

「本当はね……あなたを、初めて見たときから、興味があったの……どうしてそんな目をしているのか……何を考えているのか、って……んッ……」

クリトリスへの刺激をせがみながら、ナグロネはうっとりした声で話した。

「あ、気持ちいい……クオンさんの指が、気持ちいいの……っ……私、だから、あなたと、こういうふうに、してみたくて……ねえ」

あなたも、と、ナグロネは、クオンの股間に手を伸ばしてきた。

「ごめんね……私、淫乱で、すぐに自分ばっかり……あなたのここにも、興味あるのに」

起きあがり、逆にクオンをあおむけにして、ナグロネはクオンの服を脱がせた。好きにしろ、とクオンがされるままにしていると、ナグロネは、クオンの下を膝まで脱がせたあたりでふと動きを止めた。ああ、とクオンはそこで思い出した。

「右の義足が珍しいのか？」

もう十年も前からのことで、自分では、気にすることも忘れていた。ナグロネは小さく首を振った。

「そう見えなかったから、少し驚いただけ。それに……これが本物ならいいわ」

ほっそりした手が、クオンのものに絡んでくる。唇が近づき、ピンクの尖《とが》った舌の先が触れ、舐《な》め回したと思うと、すっぽりと先端を口に含んだ。

「ん……っ……」

整った顔が、男のものをくわえたせいで歪んでいる。だがまるで構わないというように、ナグロネはそれを含んだまま、前後に頭を動かした。ウ、とクオンはつい低く声を漏らしてしまう。ナグロネは、先端と茎の間にある柔らかい皮を唇で弄《もてあそ》ぶように、先端にわざと被《かぶ》せては、舌と唇で剥いている。くびれの部分に、皮の厚みと唇の締めつけが同時に来て、クオンの背中が鈍く痺《しび》れた。

「ん、ッ……ん……」

ナグロネは、さらに動きを速めて、クオンの射精を誘ってくる。クオンは眉を寄せて目を閉じた。自慰を女性に手伝わせているような感覚はたしかに悪くない。が、いまの自分はそれだけでは物足りなくなっていた。

「――もう、いいの？　あまり、気持ち良くなかった？」

「良かった。だから、もう」

入れたいんだ、と言うかわりに、クオンはナグロネの股間に触れた。あっとナグロネはピクンと動き、じゃあ、とクオンにまたがってくる。

「上でいい？」

「……ああ」

うふふ、とナグロネは唾液《だえき》で光る唇で笑い、膝をまげて少しずつクオンの上に腰を落とした。根もとに手を添え、みずからあてがい、目を閉じて、それを自分に挿入する。赤く開いた割れ目の中に、クオンのものが飲み込まれていく。

「んんッ……あ……ッ……あ！」

クオンは、下から手を回し、最後は自分からずぶりと深く突き上げた。キュウッとナグロネの奥が締まった。身体つき同様、この部分も、よく鍛《きた》えられてでもいろように、いい具合にきつく、よく絡んでくる。クオンが下からさらに動くと、ナグロネも、みずから前後に身体を揺すり、クリトリスを擦りつけるように腰をひねった。

「いいっ……すごい、いいのクオンさん……入れてると、どんどん気持ち良くなってくるのっ……あうっ……！」

淫乱、とみずから告白していたとおり、ナグロネは、はしたない言葉を口走った。

「そんなにいいのか。好きなんだな」

誘われて、クオンもナグロネに言葉を投げる。

「うん、好きなの……チ×ポで、オマ×コつつかれるとすごく気持ちいいから大好き……」

「ここもするとどうだ？」

突きながら、クオンはクリトリスに指をあててやる。あうっ、とナグロネは大きく背中を反らし、いい、いいいと素直に反応した。

「いじられながら、はめるといいのか？」

「すごくいい」

クオンが下から揺すってやると、ナグロネは、揺れる乳房を自分でつかみ、指で乳首をいじり始めた。中と、クリトリスと、乳首とすべてを刺激しながら、クオンを、激しく締めあげて、もっと、もっと奥にきてと尻を沈めてくる。いやらしい女だ。けれど、素直でかわいい女だ。

「あう……あああん……ねえ……もう、イキそうなの、いい……？」

「いいよ」

お前がイクところを見ながらおれもイクことにする。

クオンは、ナグロネの腰を両側から抱えて、突き上げる動きを速めていった。ああ、すごいとナグロネはうっとりした息で言い、乳首から、下に手を動かして、割れ目を指で両側に広げた。クオンはさらに動きを速めた。ナグロネの乳房がゆさゆさ揺れた。

「ああ、いい……見て、クオン、さん、私の、いやらしいオマ×コ見ながらいっぱい犯してぇ……ああ……あああんッ……ああ、あああ！」

断続的にナグロネの内部がうねり、いままでにないつよい締めつけが、クオンの先端を

絞ってくる。達している。クオンのものを入れたまま、うっとりとしているナグロネの目は、もう焦点がぼやけている。クオンは強烈に放出したい欲望をあえてこらえて、肉壁を擦りながら抜き出した。すがってくる感触がさらによかった。抜いたとたん、たまったものが先端からビュッと迸《ほとばし》り、ナグロネの乳房の間にとんだ。

「あっ……」

精液を浴び、やっと正気が少し戻ったように、ナグロネの目がクオンを見た。暗い紫の、濡れた瞳《ひとみ》が、ランプの灯りを映して光った。

「……もう。ふふふ」

指で精液を身体に塗るように伸ばしながら、ナグロネは片目を閉じて笑った。魅入《みい》られる危険と、その誘惑に、クオンの背中がかるく震えた。

終わってしまうと、ナグロネはさっさと服を着て、おやすみなさい、と去っていった。このフィランで、こんな時間に女が一人で道を歩けば、ほぼ間違いなく男に奉仕を強要される。うまく身を守る自信があるのか、そうなればなったで構わないのか……いずれにしても、ナグロネなら心配の必要はないだろう。

心配？　おれは、初めて会ってたかられたあげく、どちらが奉仕かわからないような関係を持たされた女が心配なのか。

ベッドにあおむけになりながら、クオンはふっと自分を笑った。だがたしかに、フィールへ来てから悲しそうな女しか見ていなかったクオンの気分を、ナグロネは、いくらか軽くしてくれた。あの目といい、身体にうっすらと残る傷痕といい、ただの軽い娘ではないだろうが――――ん？

そのとき、視界の端を、何か小さなものがよぎった。

起きあがると、部屋の片隅に、パンの欠片《かけら》をくわえたネズミがいる。人に見られているのに逃げようともせず、一休みするかのようにちょこんとそこに座っている。

変わったネズミだな……。

見るともなしに見ていると、ネズミは、やがてちょろちょろと、部屋の周囲を走り回った。ときどき止まって、首をかしげるような仕草をする。巣に帰る途中で迷子になって、この部屋に来てしまったのだろうか？　クオンは部屋の扉を開けた。するとネズミは、ようやく出口を見つけたように、廊下から階段を下りていった。

普段なら、そのまま部屋の扉を閉めて、クオンは眠ってしまっただろう。だが、今夜はなんとなく、もう少し起きていたい気分だった。愛嬌《あいきょう》のあるネズミだったが、どこかにネズミの巣があるなら、そのままにはしておかないほうが、宿のためにもいいだろう。クオンが階段を追ってみると、まるで案内をするかのように、パンくずが点々と落ちている。道しるべは倉庫に続いていた。扉の端が、よく見るとネズミの通る幅に齧《かじ》られている。まずいな、食料庫に巣があるのか。クオンは中に入ってランプを点《つ》けた。そして、パンくずを辿《たど》るうち、倉庫の奥にさらに小さな扉があることに気がついた。穀物《こくもつ》の袋や、野菜の木箱に隠れるように、不自然にポツンとある扉――――ああ。隠し倉庫か。懐かしいな。義妹たちのかくれんぼ遊びに付き合わされて、よく、ここまで捜しにきたものだ。扉に触れると、思いのほか、取っ手には埃《ほこり》が積もっていない。開けてみると、中は暗いがきちんと整理され、ベッドや、木箱で作った机《つくえ》のようなものまである。どういうことだ。まるで、倉庫というより隠し部屋のような――

と、ベッドの上で、何かが動く気配がした。

「……お姉ちゃん？」

……え？

まさか――。

「お姉ちゃん？　シーリアお姉ちゃんでしょう？」

身をかがめ、自分の背中がランプの灯りをさえぎらないよう注意しながら、クオンは部屋の奥へ向かった。

すると、いくぶん不安げに、こちらへ笑いかけようとする、少女の顔が目に入った。

「お姉ちゃん……」

ベッドの上で、くるまったシーツから首から上だけをのぞかせた顔。いくらか、成長はしているものの、まだまだあどけなさの残る顔――。

「ニニア！」

生きていたのか……生きて……。

第三章　震える胸

しかし、クオンはすぐにニニアの名を呼んだことを後悔した。

「……誰《だれ》？」

暗がりの中、ニニアは表情をこわばらせ、こちらの気配をうかがうようにじっとしている。しまった……つい驚きと喜びで、ニニアと口にしてしまったが、いまおれを見て、ニニアがわかるはずがない。

「いや……」

後ずさりしながら、ごまかす言い訳を考える。しかし、情けないが何も浮かばない。

「まさか……もしかして」

ところが、ニニアは少しずつ表情を和《やわ》らげて、期待するような笑みを浮かべた。

「お兄ちゃん？　ケインお兄ちゃんなの？」

「え――」

言い当てられて、クオンは心を読まれでもしたのかと驚いた。いまの自分は、三年前の姿とはまるで違う。ひどく痩《や》せ、髪の色は抜けて顔の半分は包帯に覆われ、声もかすれて以前とは変わっている。クオン自身、昔の面影を見つけるのが難しい姿に……なぜ？

ニニアは、かるくほほえんだまま起きあがり、ベッドから降りてこちらへ近づこうとした。が、その動きはかなり不自然だった。手探りでベッドの縁を確かめながら、膝《ひざ》をおろして足下を探り、歩くときも、一歩ごとに前に出した手をさまよわせている。

ニニア……もしや君は……。

「きゃっ！」

靴《くつ》の先が、少々浮いた床板に当たって、ニニアは前のめりに倒れかける。思わず駆け寄り、抱き留《と》めてやると、ありがとう、と腕の中でニニアが顔をあげた。唇はやはり笑っているが、その目は、クオンを——いや、何も捉《とら》えていない目だった。

「ニニア……」

驚きと、悲しみにクオンは胸をつまらせて、思わずニニアを抱きしめてしまう。

「お兄ちゃん……やっぱり、ケインお兄ちゃんだ！　帰って来てくれたんだね、お兄ちゃん、お兄ちゃん……待ってたんだよ……ずっと、待って……うぅっ……」

クオンの胸に顔を埋めて、ニニアは幼い子供のように、肩を震わせて泣き出した。

クオンは何を言うこともできずに、ただ、ニニアの髪を撫《な》でてやった。


やがてニニアが泣きやみ、落ち着くと、クオンも冷静さを取り戻した。

「その目は、いつから？」

気をつかいながら尋ねると、ニニアは首を横に振った。

「はっきりしたことは、覚えてないの……病気で……だんだん見えなくなっちゃって……いまは、ほんの少し、明るさや暗さがわかるだけ」

「……そうか」

口に出して言われると、やはりいたましい気持ちになる。

が、ニニアは明るい顔で笑って、

「でもニニア、平気だよ。シーリアお姉ちゃんがいるから」

「ああ」

「お姉ちゃん、お料理も上手だし、ニニアのこともよくしてくれるの」

たとえばね、とニニアはシーリアとの暮らしを話し出した。辛い病気をしたにもかかわらず、ニニアの無邪気さは変わっていない。小柄な身体《からだ》に、頭の横でふたつに分けて結んだ髪も、甘えた言葉づかいも昔のままだ。この年頃《としごろ》で、三年という月日を思えば、逆に、もう少し背伸びしてもいいはずなのに。きっとシーリアが細かく気を配り、外のあらゆる変化から、ニニアを守っているのだろう。この様子では、ニニアはたぶん、いま街に何が起きているのかも――

「お兄ちゃん?」

クオンが黙り込んでいると、ニニアが首をかしげて手を差し出した。

「……あ、すまない。ちょっと、考え事をしていて」

「もう。せっかく、三年ぶりに帰って来てくれたから、いろいろとお話したいのに。お兄ちゃん、どこへ行って

たの？」

クオンは、その質問には答えずに、ごめんな、とニニアの手を握った。

「シーリアお姉ちゃんだって、ずっとお兄ちゃんを待っていたんだよ。あ、そうだ。そろそろお姉ちゃんがここにご飯を持って来てくれるから、お兄ちゃんも一緒に食べようよ」

「えっ……」

「えへへ。時計は見えなくても、ニニアの腹時計は正確なのでーす」

「ニニア……ごめん、それは……ええと……」

言いながら、クオンは懸命《けんめい》に考える。

「あのさニニア……じつは、いま僕は、ケインだとわからないように、変装してるんだ。クオンって名前で、この宿に泊《と》まってる」

「どうして？」

ニニアは小動物のように首をかしげた。

「わけは……ごめん、それもいまはちょっと話せないけど……とにかく、僕の正体は、僕と、ニニアの二人だけの秘密にしておいてほしいんだ」

「秘密？　二人だけの？」

「ああ」

女の子らしく、ニニアも「二人の秘密」という言葉が好きらしい。いたずらっぽく唇で笑って、うんわかった、とこっくりうなずく。

「それじゃあ、シーリアが来る前に、部屋に戻るよ」

クオンはニニアの頬《ほお》を撫でて立ち上がった。ニニアが、すっとさみしそうな顔になる。

「でも、また来てね。お兄ちゃん」

「……ああ」

「またね！　絶対だよ！」

クオンがいるのとは少し違う方向に、ニニアは懸命に手を振っていた。せつないような、あたたかいような不思議な気持ちで、クオンは隠し部屋の扉を閉める。シーリアが、ニニアを守ろうとする気持ちがわかった。しぜん、唇に笑みが浮かんだ。

けれど――一歩出ればそこは、奉仕という名の凌辱《りょうじょく》にまみれた現実の世界だ。

息をつき、頭を振ってふたたび顔をあげたときには、クオンはもう、無愛想な片目の剣士の顔になっていた。


それでいて、クオンはその夜、幸せだったころの夢を見た。


――今日は、みんなに発表があるんだ。

フェリアが、隣にクオンを置いて――当時は、ケインと名乗っていたが――家族みんなに向かって言った。

祭りの夜で、酒と料理と、歌と踊りで大賑《おおにぎ》わいだったギャレットの店も、ようやく、看板の灯《ひ》を消して、一息つこうという時間だった。

「なあに姉さん……ケインさんまで」

働き者のシーリアは、水場の横にまだ積んである皿を拭《ふ》きつつ、首をかしげる。ケインと聞いて、店の椅子《いす》でうたた寝をしていたニニアが目を覚まし、わあい、お兄ちゃんとケインにじゃれた。

「はい。そこくっつかない」

するとフェリアは、小さなニニアをぐいとクオンから引き離し、自分がクオンと腕を組む。ニニアは恨《うら》めしそうに唇を突き出し、姉を睨《にら》んだ。が、フェリアは気にしないふりで、

「と、いうわけで。じゃじゃーん。このたび、わたくし、フェリア・ギャレットと！　ケインは、結婚することになりました！」

「ええーっ⁉」

妹たちは、同時に叫んで同じくらい目を丸くする。いつも落ち着いているシーリアも、うっかり皿を落としかけた。

「本当なの？　ケインさん……」

「あ……まあね……あはは……」

「なにが『まあね』よ。煮え切らないわねえ」

今度はフェリアが唇を尖《とが》らせる。拗《す》ねた顔はニニアとよく似ている。

「だめ、だめえー！　ケインお兄ちゃんは、ニニアとけっこんするのー！」

そのニニアは、ますます唇を突き出して、バタバタ足を踏みならして抗議した。

「ごめんねニニア。ケインはもう、お姉ちゃんのものなのよー」

フェリアは喜びを隠さずに、わざと妹にいばってみせた。ぶうー、とニニアはかなり本

気でふくれている。そっか、とシーリアは笑っているが、笑顔がなんとなくさみしそうだ。

ずっと黙っていたギャレット氏が、やれやれ、とかるく肩をすくめた。

「わしも、死んだ母さんも、お前のような跳ねっ返りをもらってくれる男がいるのかと、それはかり心配しとったんだがな。それがまさか、こんなに早く嫁に行くとは」

「ちょっと父さん。それはないんじゃないの」

「ははは！」

フェリアは父の背中を叩《たた》いた。実際、フェリアは気性ははっきりしているが、情にはあつい、良い娘だ。数年前、森で瀕死《ひんし》の怪我《けが》をしているケインがたまたまギャレット氏に助けられ、ここに担ぎ込まれてきたときも、手厚く看病をしてくれた。回復後、ケインは猟師《りょうし》として店のために働きながら、ずっとフェリアをそばで見てきた。妹たちの母がわりとして、店の看板娘として、いつも活《い》き活《い》きとしているフェリアに、ケインは少しずつ惹《ひ》かれていった。ときどき無理をするフェリアを支え、フェリアもケインをかけがえのない相手と思うようになり、結婚の約束をしたのだった。

「ねえねえ、フェリアお姉ちゃん」

一通り発散してもうすっきりしたのか、ニニアがわくわくした顔で姉を見上げた。

「どうやって、ケインお兄ちゃんをものにしたの？」

「ニ、ニニア！」

どこで覚えたのか、幼い妹のませた物言いに、シーリアがぱっと赤面した。フェリアのほうは動揺もなく、ふふん、と笑ってニニアの小さい鼻先をつついた。

「それはね……お・色・気！」
「おいろけえー!?」
「もう！　姉さんも！」
シーリアは、手のひらで赤い顔を覆ってしまう。あははは、とフェリアは明るく笑い、ケインも、ギャレット氏も、みんな笑った。

――そんな日が、ずっと続くのだと思っていた……平凡な猟師のケインとして、愛する家族に囲まれ、平和に生きていくのだと……他《ほか》の未来は、見たくなかった……。

眠るクオンの、包帯を外さないままの右目が、わずかに濡《ぬ》れていることを、クオン自身はもちろん知らない。

そしてこれも、翌朝、クオンが城に出かけていったあとの、彼の知らない出来事である。

――いつものように、シーリアは、ひとりで店を開

ける支度をしていた。

と、そこへギィィィ……と、ゆっくりドアの開く音がした。

「すみません、まだお店は――」

言いかけて、シーリアははっと息を飲んだ。特大の酒樽《さかだる》のように太った、頭の禿《は》げた中年の男が、薄笑いを浮かべながらそこに立っている。シーリアは思わず目を逸《そ》らした。

すると、男はわざとらしくさみしげに眉《まゆ》をさげ、まっすぐにシーリアへ近づいてきた。

「おやぁ？　せっかくこちらから尋ねて来たのに、シーリアちゃん、ずいぶんとつれないんでございますねえ」

腹の肉からぐいとシーリアの身体にすりつけ、にじり寄る。

「す、すみません……いらっしゃいませ……ゴルビーノ様」

シーリアはどうしても相手を正視することができぬまま、首をすくめるようにしてお辞儀をした。

「フェッフェッフェッフェッ……シーリアちゃんは、今日も朝からかわいらしいでございますねえ」

妖怪《ようかい》じみた不気味な笑いに、シーリアは、ますます身を縮めて堅くする。ゴルビーノは、フィランの街で昔から娼館《しょうかん》を経営している、物事の裏事情に詳しい男だ。フィールの人間でありながら「布令」の対象から外れ、いまなお娼館を続けているのも、何か特別なつてがあるために違いない。といっても、いまや一国すべてが娼館同様であるフィールでいまさら娼館もないはずだが、本人は、娼館には娼館のやり方があるんでございます、とうそぶいている。

「今日はねえ、わたくしお仕事が朝まで長引いてしまって、とっても疲れているんでございますよ。聞き分けのないメスブタ……失礼、お店の女の子に少々、お仕置きをしていたんでございます」

「……」

ヴァイスかハーデンがこれを聞いたら、お前が他人をブタ呼ばわりするのかと驚くだろう。だが、もちろんシーリアは何も言わずに、ただ、後ろ足で少しずつ、押しつけられる腹から逃げた。

「そんなわけなので、シーリアちゃんに、疲れを癒《いや》していただきに来たんでございますですよ……フェッフェッフェッ……」

ゴルビーノはシーリアを壁際まで追いつめる。肉に埋もれたような小さな目で、笑いながらシーリアを舐《な》めるように見た。

「わかっていますね？　シーリアちゃん……お客様がいらしたときの、おもてなしの仕方は……以前に、教えてさしあげましたでしょう？」

「あ……」

シーリアは、衿《えり》もとのリボンを握りしめ、震えながらうつむき、うなずいた。

「ま……毎度、ありがとうございます……どうか、ごゆっくり、お楽しみください……」

フェッフェッフェッフェッ、とゴルビーノの高笑いが店中に響いた。

シーリアは、震える手でリボンをほどき、その場で服を脱ぎ始めた。光る日で、ゴルビーノはそれを見つめている。

「いいですねえ……シーリアちゃん、このごろ少し、オッパイが大きくなったでございますですね。いろんな男とご商売して、精液を吸っている証拠でしょうかね」

「あ」

半分袖《そで》を抜いたところで、待ちきれないというように、ゴルビーノはシーリアの乳房に手を伸ばした。脂《あぶら》っぽい中年の手のひらに触れられ、シーリアの肌がさっと粟立《あわだ》つ。ゴルビーノはなおシーリアの乳房を撫で回した。

「フェッフェッフェッ……大きくても、張りのあるぷりぷりお乳でございますです。それでは、お願いするでございますよ」

「……はい……」

シーリアは、みずからの手で乳房を寄せて、ゴルビーノに向けてぐっと突き出す。ゴルビーノは、手近にあった酒瓶《さかびん》をつかんで、その深い谷間に中身を注いだ。シーリアが、声を飲み込み唇を噛《か》む。酒の冷たさと、乳房をつたう感触のせいだろう。注いだ酒が、乳房の間の細い三角のくぼみにたまった。

「フェッフェッ……さあ、お客様になんと言うのでしたっけ？」

「……あ……どうぞ、お、お乳を、たっぷりと、おしゃぶりくださいませ……う……」

「よくできましたでございます。それでは、いただきますでございますよぉ～」

異様に長い、青紫の舌がシーリアの乳房に迫ってきた。シーリアは、おぞましさに思わず目をそむける。ぺちゃ、と品のない音とともに乳房を這《は》い回る舌の感触。ぺちゃ、ぺち

ゃ、ぺちゃっと舌は何度も根もとから乳首までを往復した。舐める合間に、ゴルビーノはシーリアの胸の谷間に顔を突っ込み、じゅるじゅるっと、酒を啜《すす》って飲んだ。

「ううーん……絶品！　美味《おい》しいでございますですよ～」

　チュッと、仕上げのように乳首に絡むと、丁寧に、両方の乳首を吸ってくる。嫌なのに、吸われることでシーリアの乳首は固くなり、求めるように勃起《ぼっき》してしまった。

「フェッフェッフェッ……胸杯には、欠かせない、アクセサリーでございますね」

「う、くっ……」

「こんなに、乳首を固く、いやらしくして。そんなに、お乳が感じるんですか？」

「……」

「おや、どうしました？　お客様に答えられないのでございますか？」

「う……は、はい……お乳が、いやらしく、感じました……」

「そうですそうです……それでは、シーリアちゃんのい

やらしいお乳で、おかわりするでございますですよ」

「あ」

「ほらほら、ちゃんとお乳を押さえていないと、お酒が零《こぼ》れてしまいますです」

「う……すみません……っ……ん、うっ……」

シーリアは、震えて離しかけた手を戻し、自分の乳房をまた持ち上げる。ゴルビーノはそこにいきなり口を近づけて、んん、んんーと鼻を鳴らしながら一気に飲んだ。肌に残る酒の雫《しずく》にも口をつけ、一滴ごとに強く吸った。

「んッ」

嚙みしめたシーリアの唇から喘《あえ》ぎが漏れる。頭の中は、嫌悪と恐怖だけでいっぱいなのに、身体は勝手に反応して、胸の奥が甘く痺《しび》れるのだ。いつの間にか、自分は本当に、淫《いん》乱《らん》な娼婦《しょうふ》になってしまったのかもしれないと思うと、シーリアの目に涙が浮いた。

「んん……おや、オッパイに赤く吸いあとがついてしまいましたねえ。これでは、他のお客様がシーリアちゃんを買うときに、シットするでございますね……でも、仕方ありませんねえ……わたくしと、シーリアちゃんは、お客と娼婦というよりは、恋人同士のようなものでございますからね……フェッフェッフェッ」

恋人同士、という言葉に、シーリアは、本当に寒気が走って震えた。

「それでは、恋人らしくキスをしましょうね……そうだ、今度はお口うつしで、お酒をいただきますでございます。飲み込んだらいけませんよ。フェッフェッ」

「う……っ、う……」

　ゴルビーノは自分の口に酒瓶をつけて一口含むと、その口をシーリアの口に押しつけた。顎《あご》をつかみ、無理やりに唇を開かせて、シーリアの口の中へ酒を流し込む。ごふ、とシーリアは喉《のど》でむせたが、かまわずに、ゴルビーノはシーリアの頬が膨らむまで、次々と酒を注ぎ込んだ。シーリアは顔を赤くしたまま涙をにじませ、懸命に苦しさに耐えている。口の中で酒と唾液《だえき》が混じり合い、ぬるく変わっていくのがわかる。ゴルビーノはそれを待っていたように、再びシーリアの口に吸いついた。シーリアは、少しずつ酒を吐き出して、唾液混じりのそれをゴルビーノの口の中に送り込む。唇の端から酒が漏れ、ジュル、チュパッと舌や唇が触れる音が耳に響いた。ゴルビーノは、うまそうにそれを飲み干していく。大きな顔の中の小さな目が、うねる虫のような形で笑っていた。こんな男と、口うつしのキスをしている自分に吐き気を催し、シーリアはうっとえづいて残りを全部吐き出してしまった。

「んふうっ……おやおや、気持ち良すぎて我慢ができなかったんですね。シーリアちゃんも、すっかり娼婦らしくなって……わたくしに処女を捧げた時には、痛がってばかりいたものですがねえ」

「い……」

　言わないでください、とさえも言葉にできず、シーリアは小さく首を振った。だがゴルビーノは楽しげに続けた。

「シーリアちゃんとわたくしは、奉仕の義務なんかではなくて、合意の上で、結ばれたんでございますから……フェッフェッ……甘く切ない思い出でございますですよ」

「うう……」

大切な初めての男性が、この見るもおぞましい中年男であることは、シーリアの中で、深い心の傷になっていた。いずれ身を汚される運命だったのだとしても、せめて、初めての相手が——だが、浮かびかけた顔をシーリアは無理に消した。思い出せば、現実が余計に辛くなるだけだ。

「そうすると、そろそろオマ×コのほうも、いい具合に開いてるでございますね？」

「ああっ！」

ゴルビーノは、腿《もも》ハムのように太い腕でシーリアの両脚《りょうあし》を抱え上げ、テーブルの上にあおむけに倒してぐいと開かせた。長いスカートは腰の上までめくれあがって、白い下半身が剥《む》き出《だ》しになる。恥ずかしさで、シーリアの全身が熱くなった。辛いのに、下着の中心は、もう隠しようもないほどはっきりと縦に湿っている。フェッフェッフェッフェッ、とゴルビーノが満足げに笑ってそこに顔を近づけた。

「かわいいこと。こんなに、お漏らしのようにしてしまって……待ち遠しかったんでございますね。うぅん、シーリアちゃんのかぐわしい匂《にお》い……」

ゴルビーノは下着に深く鼻先を押し込んだ。生あたたかい息をかけられ、シーリアはひっと股間《こかん》を引き締める。うふ、とゴルビーノは鼻で下着を片側に寄せると、あらわれたシーリアの割れ目に舌を差し込んだ。

「く、うっ……う……」

シーリアは膝を揺すってわずかに抵抗をしてみせたが、ゴルビーノはまるで意に介さない。んぐ、ぐふっと犬のように鼻を鳴らしながら、シーリアから溢《あふ》れてくる蜜《みつ》を舐め、足りないとそれを促すように、クリトリスを太く短い指で押した。

「いやっ……う、いやっ……」

クリトリスは求められるままに反応し、固くなり、蜜も自分では止められない。あおむけでM字型に大きく脚を開かされたまま、シーリアは啜り泣き始めた。

「そろそろ欲しいんでございますね？　わたくしの、ぶっとい固いイチモツで、オマ×コをかき回してほしいんでございますですね？　ここを、グチュグチュにしてほしいんでございますですね？」

「あうっ……う……そう……で、す……っ……」

無遠慮な指をいきなり深く差し込まれ、シーリアはぐっと背中を反らした。嫌と言うより、従ったほうが、ほんの少しでも早く終わる。心ならずもゴルビーノに何度も奉仕をしているうちに、身についてしまった知恵だった。

「そう……でもですねえ、わたくしこのごろ、少々、イチモツが不機嫌なんでございますです。いまもシーリアちゃんのいやらしぃいオマ×コをおがんでいるので、気持ちは、ビンビンなんでございますが……シーリアちゃんには、大変に、申し訳ないでございますです……」

「……」

では、凌辱はこれで終わりなのだろうか。ほんの少し、シーリアは安堵《あんど》して薄目を開けた。が、そこでゴルビーノが酒瓶を手に、ニヤニヤしているのを見て凍り付いた。

「お詫《わ》びにこれで、シーリアちゃんをじっくりと、楽しませてさしあげるでございますですよぉ。ええ、わたくしが奉仕する側でもいいんです。わたくし達、恋人同士でございますからね……」

——いやあああああ!!

胸の中で、シーリアは絶叫した。いや、いやあ、助けて、助けてケイン兄さん!

しかし、応《こた》える声はなく、シーリアは、下の口に酒を入れられてゴルビーノに啜られ、酒瓶の口を挿入《そうにゅう》され、動かされてゴルビーノのおもちゃにされた。

「んっ、ぐ、うっ、ぐうっ……ううう……!」

「どうですか? シーリアちゃん、オマ×コ気持ちいいでございますか?」

「うう……はい……いいです……オマ×コが、すごく気持ちがいいですっ……!」

最後には、シーリアは自分を投げ捨てるように叫んでいた。

ゴルビーノは、シーリアが目の前であそこをビクビクさせて達するまで、フェッフェッと高く笑っていた。

そして。

「ふうー……満足したでございますです。やっぱり、シーリアちゃんに疲れを癒していただくのが一番ですね」

「……はあ……ありがとう、ございます……」

まだ息がいくらか荒いまま、シーリアは、よろよろと身を起こした。それでは、と出ていこうとするゴルビーノの背に、あのう、と小さく呼びかける。

「父の件は……どうでしたでしょうか」

「ああ……残念でございますが……今回も」

ゴルビーノは、そこだけは本当に申し訳なさそうな顔で首を横に振った。

「引き続き、手は打っていますからね。お父上は、きっと見つかりますですよ」

「……はい。よろしくお願いします」

シーリアは、出て行くゴルビーノに深く頭を下げた。ゴルビーノの姿が消えたあとも、なおじっと、うつむいて床を見つめている。

わかっている。父は死んだのだ、帰って来ない。ヴァルドランドとの戦《いくさ》のときに、フィール義勇軍に参加した父。ヴァルドランドの大軍とは、ネズミと象ほどの違いがあった。初めから、命はないも同然だった。それでも、幻のような希望にすがり、シーリアは、商売柄王宮や国境の向こうへも出入りが許されているゴルビーノに、父の行方の捜索を頼んだ。万一、万々が一にでも父と再び会えるのなら、純潔を引き換えにすることなど、なんでもないと自分に言い聞かせて。

けれど……。

「う……う、っ……」

私《わたし》は、間違っていたのだろうか。父のため、家族のためにするべきだったのは、あるいは、別のことだったのだろうか。わからない。

ひとりぼっちのガランとした店で、シーリアは、静かに泣き続けた。

そのころ、クオンは城の会議の間にいた。

張りつめた空気。ヴァイスアードは無表情、ルージアは眉間《みけん》に深い皺《しわ》を寄せ、ナスタースはいささか青い顔をしている。

――ヴァルドランド国王のバンディオスが、近く、このフィールにやって来る。

書状がもたらしたその報《しら》せは、一同に、大きな動揺をもたらしていた。

「……まあ、なるように、なるだろうがな」

沈黙を破ったのはヴァイスだった。すっといつもの片頬だけの笑みを頬に貼《は》り付け、マントをひるがえして立ち上がる。殿下、とナスタースがあとを追いかけ、大臣達も、怪訝《けげん》な顔で口々に何か囁《ささや》き合いながら、外へ出ていく。

「こりゃあ、午後はおれ達も用無しだな」

ハーデンが、かるく背中を伸ばして言った。

「そうだね……陛下が絡んでくると、ボクらも殿下には近寄れないよ」

ラッセも横でうなずくが、ズゥはいつの間にか消えている。王子に付いていったのだろうか。

クオンはじっと考えてみた。

王が来る。噂《うわさ》を越える暴君であり、実の親子でありながら、ヴァイス王子との間には深い溝があるというバンディオス王。その王が、現在のフィールを知ればどう思うか？ ヴァイスの統治に、よしと満足するだろうか。想像して、同時にみずからの名が持つ意味を思い出した。「ヴァルドランドに仇《あだ》なす者」の理由は、クオンも知っている。

「クオン」とは、十年前の事故で死んだとされる王子の名であり、かつ、数年前、バンディオスの恐怖による支配に抵抗し、反乱を起こした首謀者の名でもある。当時、首謀者は生きていたクオン王子であり、国の正当な王位継承者であると言われていた。しかし反乱が鎮圧《ちんあつ》され、首謀者が捕らえられてみると、彼は同名の別人であり、噂は人々の期待によるものとわかった。その後、首謀者は斬首の刑に処されたが、王は、クオン王子生存の可能性があるかぎり、第二、第三の「クオン」があらわれることを警戒した。そしてなんと、国中の「クオン」という名の男をことごとく捕らえ、惨殺したのだ。

　それほどの、徹底した残酷な支配を好む王が、いまのフィールを目にすれば――

「のみこめねえって顔してるな」

　ふいに、ハーデンが話しかけてきた。

「まあ、キミは仲間になったばかりだから、わからないのも無理はないけど」

　ラッセも、貴族達も恐れる王の恐ろしさについて、クオンに説明しようとする。かまわないが、その話は一度聞いている――と言おうとして、クオンは、ハーデン達がチラチラ送る視線の先に気がついた。そこには、ひとり状況に取り残されているように、ぽつんと座るエルフィーナ姫《ひめ》の姿があった。

　なるほど……直接話すのははばかられるから、おれに話をするふりをして、姫に事情を教えるんだな。

　そこでクオンも適当にあいづちをうち、バンディオスがこの国に来ることの意味を、暗に、エルフィーナに伝えようとした。もしかすると、姫は、王が来れば民は奉仕から解放されるかもしれないと、期待しているかもしれない。しかしそれが、本当に民の命と暮らしにとって、良いことかどうかを、よく考えてもらいたい。

「まあ、どんなことになるかは陛下が来ればわかるだろうさ」

ハーデンが言う。エルフィーナにも、いまクオン達が、遠回しに彼女に話しかけていることはわかるだろう。うつむき加減に、そっとテーブルに手を置く姫の頼りなげな後ろ姿。おれの言いたいことは、伝わるだろうか。伝わらなくても、クオンになんら責任はないことだ。だがエルフィーナ、おれは……君に……。

「じゃあ、午後は剣技場にでも行こうよ」

ラッセの言葉で、クオンの思いは中断された。三人は会議の間を出るべく歩き出した。背後を抜けてすれ違うとき、クオンはそっとエルフィーナに目をやった。すると、エルフィーナもちょうど顔をあげてクオンを見ていた。

「……」

見つめ合う一瞬。ヴァイスに犯され、辛い目にあっているはずなのに、やはりエルフィーナは美しかった。蒼《あお》い瞳《ひとみ》は醜いものなど見たことがないかのようになお澄んでいた。クオンには、それが余計に悲しかった。


だがそれは、クオン自身にも、重くのしかかってくる問題だった。

王が来て、いまのヴァイスによる奉仕国家を目にすれば、おそらく王は、奉仕など生ぬるいとして、より徹底した征服を望むのではないか。つまり、フィールはこの時代の敗残国のつねである、略奪、殺戮《さつりく》、焼き討ちによる無惨な姿を晒《さら》すことになるのではないか。

そこでいま、ヴァイス王子の命を奪おうとすることは、果たして国を救うことになるのか。むしろ——しかし——。

思い悩み、クオンは剣技場で午後を過ごす誘いを断った。いまの気持ちで剣をふるっても、あまり良い結果は出そうにない。それよりも一人になりたくて、クオンは街の警備と称して城を出た。

「あのう……お時間はありますか？」

「よろしければ、ご奉仕をさせてください」

街を歩けば、女たちが次々に声をかけてくる。皆、自分の意志ではないのだろうが、「奉仕」による報酬を国に納める義務があるため、誘ってくるのだ。クオンは無言で首を振り、こっそりとため息をつきながら歩いた。奉仕も地獄、王が来ても地獄。どこにこの国の救いがある？　おれはいったい、どうするべきか。

「あーっ。クオンさん！」

そこへ突然、不似合いなほど明るい声が、背後からクオンを呼び止めた。振り向くと、さっぱりした黒い髪にきりりとした目のナグロネが、微笑してクオンに手を振っていた。

クオンはついほっとしてほほえみそうになる唇を、あえてへの字に曲げて結んだ。

「今日はあんたにご馳走《ちそう》する金はない」

「あら。この前の食事の分は、ちゃんとお支払いしたはずだけど？」

わるびれず、ナグロネはクオンと腕を組んだ。クオンはすっとその腕を外す。

「どうしたの？　何か、悩んでるような顔ね」

「……あんたは、悩みがなさそうで羨《うらや》ましいよ」

「ひどいなあ。これでも、本当に落ち込むこともあるのよ……あ、でもたしかに、落ち込んでも、悩んだり迷ったりすることはないわね」

ナグロネは、すっと何かを見すえるような目をしたが、視線の先には、青い湖と岬の城という、美しい景色があるだけだった。

――――と。

「おい！　おい凄《すげ》えぜ！」

背後からやけに興奮した大声がして、人の走っていく足音がする。なんだろう。事故か、派手な喧嘩《けんか》か？　場合によっては、関わるのが仕事だ。クオンは人の行くほうへ足を向けた。ナグロネも、クオンに付いてきた。

人が集まっているのは、街の広場だ。中央に泉、ぽつぽつと物売りの露店。皆が指さし、声をあげているのは、泉の北側にある建物《たてもの》の壁だ。なんだ、とクオンは人の間を縫《ぬ》うようにして進み出る。そして、壁を目にしたとたん凍りついた。

女の白い下半身が、壁から生《は》えているようにぶらさがっている。

壁をうがち、細工をして尻《しり》を上に向ける形で突き出され、上半身は壁の向こうらしい。

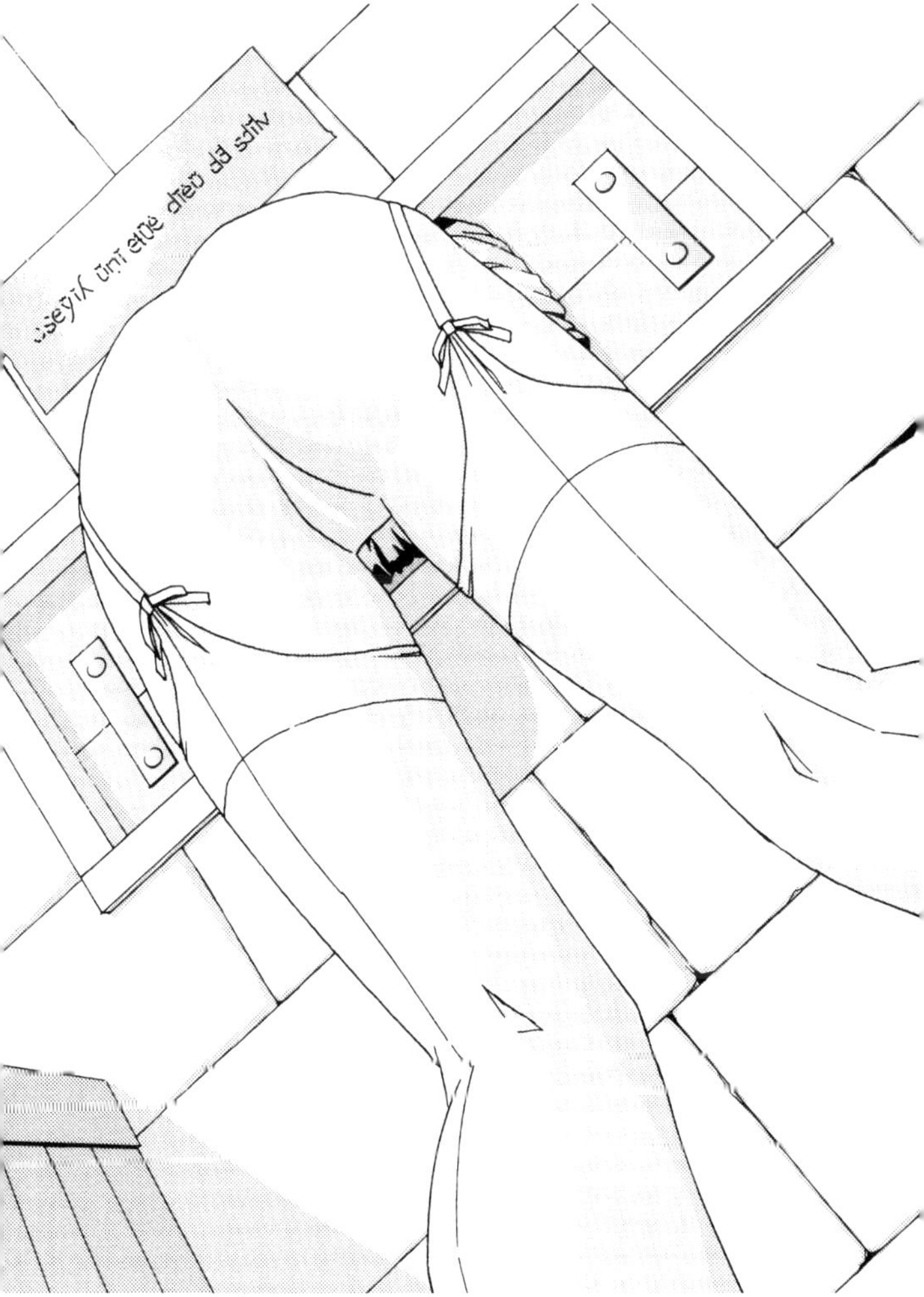

「大胆だな……いくらこの国の女とはいえ」

「恥ずかしいが我慢できないほど淫乱だから、ああしてお願いしているんだろう」

集まった男たちは薄笑いを浮かべて女のそこを見つめている。たしかに女は、ガーターベルトで吊《つる》した白い靴下は身につけているが、肝心のところは隠していない。ふっくらと丸く横幅のある尻も、割れ目の奥の女の部分も丸見えだった。

「横に張り紙がしてあるぜ。兵士のみなさまお疲れさまです、一回1フィルにてお慰めしますのでご利用ください、だと！」

おお、と男たちがあちこちで笑いの混じった歓声をあげる。

「格安の公衆便所ってわけか！　しかし、それにしちゃあ若そうだしマ×コも具合良さそうだぜ？」

「ぷるぷる震えちゃってるしな。はやく入れてほしくてじれったいのかもしれんが」

「よし、おれが最初の客になってやろう」

「ならおれはあの尻の穴を使うかな……好きなヤツなら、尻も調教済みだってわかるぜ」

男たちは競って女の足下に置かれた箱に硬貨を入れた。クオンは、半ば呆然《ぼうぜん》とそれを見ていたが、女の靴下や体型、肌の色あいに、どうも見覚えがある気がしてきた。

「うへぇ……こいつは絹の靴下だ！　相当いいところのお嬢《じょう》さんに違いねえ！」

女の脚に触れた男が、半分本気で驚いている。まさか――まさかとは思うが、あれは、エルフィーナ姫ではないだろうか？　ヴァイスが、王が来ることへの鬱憤《うっぷん》を、姫を嬲《なぶ》って晴らしているのでは。

「割り込むつもり？」

思わず前に出ようとしたクオンを、ナグロネが止めた。

「たしかに、あれは女の私が見ても興奮するけど……っていうか、ちょっと感じてきちゃった。ねえ、クオンさんなら私も1フィルでいいから、いまからしない？」

「馬鹿《ばか》を言うな。あれは、おれが知っている女性かもしれないから、止めるんだ」

滅んだとはいえ一国の姫が、あんな形で女の一番恥ずかしいところを衆目に晒され、顔もわからない男と卑《いや》しく交わるなど、許されるはずがない。

「いいじゃない。あれは、思い上がった無知な女へのちょっとしたお仕置きよ」

「知っているのか？　あれが誰だか」

「あなたは知ってるの？」

「……」

ナグロネは、クオンに端正な横顔を向けた。男たちにいやらしい言葉を浴びせられ、濡れ具合を確かめられている、哀れな女の下半身を、感情のない目で見つめている。先ほどまでの軽口が似合わない、冷たい目。この女、いったい何者だ？　なぜ、あの下半身だけの女の正体を知って——

「おおお！　とうとうブチ込んだぜ！」

歓声があがって、クオンがはっと視線を戻すと、壁から尻を突き出した女に、最初の男が挿入していた。男に腰を抱えられ、揺すられて、宙吊りの小さな足が揺れていた。

「どうだ？」

「よく締まる。きれいなわりに、淫乱なマ×コだ」

男の息は若干荒い。ああ、とクオンはやるせなく、片方だけの目を伏せた。嫌です、やめて、と泣いている声が、壁ごしに聞こえてくるように思えた。

だが、クオンに男たちを止める権限はない。無理に止めれば、いまも視線の隅《すみ》で自分を見ているナグロネに怪《あや》しまれるだろう。

「ふん、んっ！　出るぞ、マ×コの中に全部出すぞお！」

——やめて……お願い、許してください……助けて……ああ……

クオンは耳を塞《ふさ》いだが、想像の声は余計に頭の中いっぱいに響いてくる。

ふんっと男が腰を突き入れ、そのまましばらく動かなくなった。

ああ、という女の甘い絶望の声が、やがてかすれて、途切れていく。

そしてその後も、下半身の女は何人もの男に犯され、前だけでなく後ろの穴も、射精用の道具として使われていった。

「おいおい……入れると、中からブジュッと精液が出てくるぜ。いったい何人分が混じってんだよ」

言いながら、なおドロドロの部分にみずからも精液を注ぎ足そうと、音をたてて腰をうちつける男もいた。

やがて、その場の男たちが見せ物に飽《あ》きても、女はなお、無惨に汚れた尻と下半身をその場に晒し続けていた。割れ目の奥の肉襞《にくひだ》は腫《は》れているように充血し、後ろの穴は、白い精液を排泄《はいせつ》しているかのように、ヒクヒクと震えて収縮している。

クオンには、壁の向こうでもう声もなく、ぐったりしている女の姿が見える気がした。

頭を振って、拳《こぶし》を握ったまままきびすを返す。

「あら、どこへ行くの？　やっぱりしたくなったなら、私と」

「うるさい」

ナグロネの手を振り払い、クオンは振り返らずにその場を去った。

やはり、こんな奉仕制度は狂気の沙汰《さた》だ。バンディオス王が来てどうなるかを案ずる前に、まず目の前の、狂気の元凶を絶たねばならない。


クオンは、狙《ねら》いを実行に移すのを、夜の警護をする日と決めた。

その夜は、エルフィーナに血を見せたくはなかったので、ヴァイスが姫を弄《もてあそ》んでいる間は、じっと闇《やみ》に控《ひか》え続けていた。

「あ……ああ……っ……」

悲鳴の底に、このごろどこか甘い響きを感じる姫の声を聞きながら、クオンは不思議なほど冷静だった。姫に対する罪悪感もヴァイスへの怒りも、今夜が最後になると思えば、抑《おさ》えることができたのかもしれない。

やがて、ヴァイスは姫の部屋をあとにした。クオンもそっと、エルフィーナに姿を見せぬように気をつかいながら、廊下に出る。このあとは、王子の寝室の前でハーデンと警護を交代する――ことになっているが、ハーデンは、たぶんいまごろ、殴ってても起きないほど深く眠っている。夕食時に、眠り薬を酒に混ぜておいたから。

ヴァイスは長く暗い夜の廊下を振り向かずに歩く。たくましいはずの背中がやけにさみしげに見え、クオンは左の目だけでまばたきした。ばかばかしい。やつはいま、女を好きに辱《はずか》めてきたばかりでいい気分のはずだ。

ヴァイスが寝室へ入ったあとも、少しの間、クオンはハーデンを待つふりで、扉の前にたたずんでいた。もちろん、ハーデンはやってこない。音をたてぬように扉を開けて、クオンは寝室へ忍び込んだ。月明かりが開け放した窓から差し込んでいた。が、王子がいるはずのベッドは空だ。その代わり、テラスから繊細《せんさい》なハープの旋律が流れていた。

これは……。

ヴァルドランドに伝わる古い旋律だ。ずっと昔……そう、クオンが宿屋の猟師ケインであったころよりもさらに昔、生まれ育った場所でよく耳にした曲。

不意打ちだ。クオンはそこを動くことができない。懐かしさが、剣よりも鋭く胸に突き刺さる。

「——誰だ」

が、いきなり旋律は消えて緊張をはらんだ男の声がする。クオンははっと我に返った。

テラスに腰かけ、ハープを抱えているヴァイスがこちらを振り返っていた。長い黒髪が、背後の月に細く縁取られて輝いている。クオンは、明るい場所へ一歩進んだ。

「クオンか……」

ヴァイスはほっとしたように言うと、ふたたびハープを弾き始めた。クオンは、腰の剣の重さと感触を確かめながら、少しずつ、テラスに出てヴァイスに近づいた。

「こんなところに、一人でいるのか」

問いかけると、ヴァイスは答えずに、思いのほかしなやかな指でまた弦を弾《はじ》いた。

「……不用心だと思わないのか。暗殺者は、いつどこで狙っているかわからないぞ」

まさにいま、お前の目の前に――

「やってみるか？」

ヴァイスはぴたりと指を止めた。視線はクオンに返さない。だが、その気配が、知っていたとクオンに告げていた。知っていた……この男は、おれを城に招いた最初から、おれの殺意に、気づいていた？

なぜだ。危険を承知で、まるで死を望んででもいるように。あるいはまさか、まさかとは思うが、遠い昔のおれに気づいて――？

「恨みなら、殺す理由は訊《き》かぬ。おれを恨んでいる人間なら、掃いて捨てるほどいるからな」

が、ヴァイスの妙にさばけた口調からは、過去に気づいているにおいはしない。

「だがクオン。おれを殺して、何になる？」

言い終えてから、ゆっくりと、ヴァイスがクオンに向き直った。クオンは、無言のまま肩を震わせた。紅い右目と、暗い紫の左目が、驚くほど素直にクオンを見ている。

「命乞《いのちご》いをするつもりはない。そもそも、おれの命に殺すだけの価値があるかどうかわからんしな」

それに……と、ヴァイスは淡々と続ける。

「恨む相手を殺しても、失ったものは何も戻るまい」

「……」

ぎくりとした。

そうだ。おれが、どんなに目の前のお前を憎んでも、妻《フェリア》は、もう――

クオンは首を横に振った。

「らしくない台詞《せりふ》だ」

おかげで、あれだけの殺意が、かき消されてしまった。

「ふっ、そうか？　お前が、おれの何を知って『らしい』と言うんだ」

苦笑して、ヴァイスはまたハープを弾き始めた。たしかに、いまのクオンには、ヴァイスの考えていることはわからない。失ったものは戻るまい、と呟《つぶや》いたときのヴァイスの目は、クオンではない誰かを見ていた。何もかもを手にしているはずの王子にも、失ったものがあるのだろうか。取り戻せない悲しみを、痛感することもあるのだろうか。

「この国は、夜の風景も美しいな」

ふいに、ヴァイスが語りかけてきた。テラスから、月をうつしている湖と、湖畔《こはん》に点々とする街の灯が見える。

「……ああ」

「知らなかった。おれは、隣国でもずっとこの国を訪れるのが嫌だったから」

「どうしてだ？」

「先の王と――クオン王子は、このフィールを訪れた帰りに、事故で死んだ」

「……」

　ハープの音に、ヴァイスも追憶へ誘われたのか。

「十年前だ……あのころおれは、従兄《いとこ》のクオン王子を兄のように思っていた。剣の基本は彼に習った」

　――そうだった。遠い昔、国の城にほど近い丘の上。まだ少年だったヴァイスアード。君に、僕はよく剣を教え、模擬戦《もぎせん》もした。

　クオンの中の遠い日々も、次々と、記憶の中によみがえってくる。

　少年のヴァイスは、手加減を嫌い、いつも真剣に挑んできた。敗れるたびに、もう一度、もう一度、とクオンに勝負を願い出る。

（はあ、はあ……やっぱり、クオン殿下にはまだかなわないな……）

　やがて疲れて、丘にあおむけになって空を見るヴァイス。

（ははは。いいじゃないか。一応、僕のほうが歳《とし》だけは上なんだし）

　それに、剣を磨《みが》いて、いわば人を傷つける力が強くなることを、自分は好んではいなかった。王子として、一通り以上のことは覚えさせられたが、その価値には疑問を抱いていた。

　けれど、少年はきりっと唇をひきしめ、

（いつかは、殿下とも、互角に勝負できるようになるよ！　そして）

（そして？）

（……なんでもない）

　あとは、照れて怒ったような顔をしたきり、続きを教えてくれなかった。

　だがいまになって、思いがけず、クオンはその続きを聞くことになった。

「あのころおれは、クオン王子に負けない強い男になって、彼の騎士《きし》になり、彼の国を守るのが夢だった」

「……」

「そうして……おれが、最後にクオン王子と話したのは、彼が隣国の姫との婚約のため、国を出発する直前だった」

（もうすぐ、殿下の婚約の儀だね。エルフィーナ姫って、どんな人なんだろ？　殿下のお妃《きさき》……未来の王妃様にふさわしい人だといいな）

（まだお小さい姫だというし、婚約だけで、結婚は先の話だよ）

　――あのときも、積極的に喜んだのは君だった。僕は、政治的な意味だけの結婚を憂《うれ》い、実質は人質である花嫁のエルフィーナ姫に同情していた。

　だから……同情ではなく、エルフィーナ姫を心から愛していこうと思った。そうすれば、始まりは政治的な理由でも、きっと姫を幸せにすることができるのだ、と……。

「だが、クオン王子はフィールから戻らなかった。帰りの馬車が谷底へ転落し、深い森の中へ消えてしまった。同乗していた父王の遺骸《いがい》は見つけられたが、クオン王子は……狼《おおかみ》に骨まで食われたか、遠い川下へ流されたのか……まあ、あの事故も、本当に事故だったかどうかはあやしいがな」

　ヴァイスは皮肉な笑みを浮かべてかるく息をついた。野心家の弟バンディオスが、温厚な兄王カルディアスを、事故に見せかけ謀殺した、という噂は、当時から囁かれていた。

だが、そんなことはもうどうでもいいと——ケインとしての、平和な日々を手に入れてからのおれは、本当にどうでもいいと思っていた……。

ヴァイスはハープを奏《かな》で始めた。今度はなんの言葉もないまま、自分だけの思いに浸るように静かに、音を紡《つむ》いでいる。

クオンは複雑な思いでもの悲しい旋律を聞いていた。王子クオンはもう死んだのだと、自分自身すら昔を忘れ、片づけていた。だからこそ、妻の復讐《ふくしゅう》のため、ヴァルドランドの王と王子を殺す決意も固められたのだ。いまおれが、クオンを名乗るのは、文字どおり、ヴァルドランドに仇なす者としての意味だけだ、と——それなのに。

この男の中にはいまも、クオン王子が生きているのだ。彼を奪ったフィールの森を、見ることもずっとためらうほど。それはつまり、あの純粋な少年が、男の中にまだ生きているということではないのか？　そしてあの少年もまた、クオン王子の死によって、運命を狂わされた一人ではないのか。

「クオン」

ヴァイスがふいにクオンを見た。追憶から戻って、現実を見る目だ。

「ひとつだけ言う。——おれは、王を好かん」

「……」

クオンはもう、なんの感情をあらわすこともできないまま、その場に背を向けて去るしかなかった。ヴァイスも追ってくることはなかった。ハープだけが、部屋を出てもなお、クオンの耳に聞こえていた。

フェリア。

縋《すが》るようにクオンは亡き妻に胸で呼びかけた。

君のために、義妹たちのために、この国のために……おれはいったい、どうすればいいんだ。

郵　便　は　が　き

料金受取人払

杉並局承認

1071

差出有効期間
平成16年
8月1日まで

166-8790

東京都杉並区梅里2-40-19
ワールドビル202
株式会社 パラダイム

PARADIGM NOVELS

愛読者カード係

住所　〒 TEL　　(　　)	
フリガナ	性別　男 · 女
氏名	年齢　　歳
職業·学校名	お持ちのパソコン、ゲーム機など
お買いあげ書籍名	お買いあげ書店名
E-mailでの新刊案内をご希望される方は、アドレスをお書きください。	

PARADIGM NOVELS 愛読者カード

このたびは小社の単行本をご購読いただき、ありがとうございます。今後の出版物の参考にさせていただきますので、下記の質問にお答えください。抽選で毎月10名の方に記念品をお送りいたします。

●内容についてのご意見

●カバーやイラストについてのご意見

●小説で読んでみたいゲームやテーマ

●原画集にしてほしいゲームやソフトハウス

●好きなジャンル（複数回答可）

□学園もの　□育成もの　□ロリータ　□猟奇・ホラー系
□鬼畜系　□純愛系　□ＳＭ　□ファンタジー
□その他（　　　　）

●本書のパソコンゲームを知っていましたか？　また、実際にプレイしたことがありますか？

□プレイした　□知っているがプレイしていない　□知らない

●ご自由にメッセージをどうぞ

ご意見、ご感想はe-mailでも受け付けております。　info@parabook.co.jp まで

第四章　闇に沈む

王宮の太い柱の陰《かげ》で、奇妙なものが動いていた。

「そ、そんな……勘弁してくださいまし、バディィゼ様」

「そう言われてものう……バンディオス陛下が来られるのでは、いままでのように、こっそり国外へ出る許可を出すのは、難しくなるのう……」

「ひいい……それでは、商売あがったりでございますですよぅ」

柱の右と左から、色の違う酒樽《さかだる》がそれぞれはみ出て震えているように見えたのは、バディィゼと、ゴルビーノの密談であった。互いに人の二倍は太っている身体《からだ》を、一本の柱の陰に詰め込むように隠れているので、無理が出るらしい。

「まぁ……そうは言っても、陛下は先頃《さきごろ》本国をご出立されたばかりとのこと。いまのうちに、このわたくしが便宜《べんぎ》をはかれば、抜け道を増やしておくことも出来ぬではないが」

「ほ、ほんとうでございますですか！」

ゴルビーノはバディィゼに縋《すが》りついて、自分の腹をバディィゼの腹に押しつけた。むんっとバディィゼは苦しげな息を鼻から吐いて、

「……ただし、さすがに、タダでというわけにはいかんのぅ」

「ははぁ！　それはもう、謝礼のほうは、たんまりと用意させていただきますです、はい」

「金などいらん。腐るほど持っておる」

バディィゼはぷんと横を向いた。ゴルビーノは眉《まゆ》をさげ困った顔になる。と、バディィゼはふっと表情を消してゴルビーノを見た。肉にめり込む丸い片眼鏡《かためがね》がキラリと光った。

「それよりも……処女を連れてこい」

「は？」

「聞こえぬのか。処女だよ、処女」

「処女、で、ございますか……」

いまのフィールでそれを捜すのは、湖に落ちた真珠の一粒を捜すようなものだ。いや、そもそも真珠など、どこにも落ちていないかもしれない。

「わたくしはなぁ、処女に目がないんだ……あの、未踏の地を踏みにじり、我を拒む薄い障壁を、ブッツリと破いてやる瞬間……流れてくる処女血の甘い香りと舌触りを味わい、この手で、蛹《さなぎ》を蝶《ちょう》へと変貌《へんぼう》させるっ……そして、蝶となったばかりの初《うぶ》な羽根をむしりとるのもまた、このわたくしなのだ！」

バディゼはやけに芝居《しばい》がかった口調で拳《こぶし》をつきあげた。

「わかるかゴルビーノッ、この至高の快楽がお前に理解できるかッ!?」

「は、はい……なんとなく……」

襟首《えりくび》をつかまれて揺さぶられ、ゴルビーノの全身の肉が上下に波うった。バディゼはパッと手を離し、カールした口髭《くちひげ》を指でつまんだ。

「わかったら、処女を連れて来い。なるべく早くな。できなければ、貴様ともこれまでだ」

「ふえっ!?　か……かしこまりましてございます……」

ゴルビーノは身を縮めて（といっても元が元ではあるが）バディゼに頭をさげた。バディゼはゴルビーノをそこへ置いたたまま、背を向けて廊下を歩いていった。

ふう……と、ゴルビーノはハンカチを取り出して、額に浮いた汗を拭《ぬぐ》った。

「やれやれでございますですな。人は見かけによらないといいますが、あの人は、見かけどおりの人でございますですねえ……」

しかし、この国で処女とは……と、ゴルビーノはもう一度ため息をついた。


「お兄ちゃん！　今日も来てくれたんだね！」

隠し部屋の扉をそっと開けると、ニニアがウサギのようにピョンと跳ねてクオンを迎えてくれた。足音で、シーリアとの違いがわかるらしい。駆け寄ろうとして、コツンとつまずく。

おっと、とクオンはニニアの小柄な身体を腕に抱き留《と》め、ぽんと頭に手を置いてやった。

「走ったりしたら危ないぞ」

「お兄ちゃんが受け止めてくれるから平気だよ」

えへっと笑って、ニニアはクオンの胸に顔を埋めた。

「このまま、お兄ちゃんの胸の中でお昼寝したいなー。くー」

「おいおい……」

苦笑しながら、クオンはあたたかい気持ちになった。ニニアと再会して以来、こっそりとここを訪れるのは、クオンの日課のようになっていた。シーリアへの後ろめたさはある。が、こうして無邪気なニニアと過ごしていると、外での辛さも、苦悩もしばし忘れられる。いまのクオンにとってそれは、かけがえのない時間だった。

「今日は何をしようか？」

「いつものがいい！」

「またあれか……僕がニニアにかなわないの知ってるんだろ？」

「じゃあ、だめ？」

「いや、いいよ。今日こそ、ニニアに勝てるかもしれないからね」

「よーし。じゃあまず、ニニアがお兄ちゃんに書くからね！」

ベッドに乗って、ニニアはクオンの背中にまわった。背中に指で文字を書き、書かれたほうがその文字や言葉を当てるというのが、ニニアの得意な遊びだった。

「うーん……チ？　チュー太……かな？」

「あたり！」

チュー太とは、最初にクオンにここを教えたネズミの名前だ。ニニアにとって、チュー太は唯一の友達だという。

「じゃあ、今度は僕がニニアに書くよ」

「うん。あはは、くすぐったい……えーっとね……」

目が見えないぶん、そのほかの感覚は鋭いらしく、ニニアはかなりの長文でも、すらすらと当てることができる。

「わかった！　『魑魅魍魎《ちみもうりょう》の蠢《うごめ》く夜の街を切り裂く正義の矢、怪傑《かいけつ》ホワイトアロー参上』」

「……」

しかし当たりだ。すごすぎる。

「じゃあね……じゃあ、今度はニニアの番ね」

ゆっくりと、ニニアはクオンの背中に指をつたわせる。最初は「二」だ。ニニアの二。すぐにわかった。次も「二」。やっぱり。ニ、ニ、ア、を……ニニアを……。

――ニニアを、抱いて。

はっとして振り向くと、ニニアはぺたんとベッドに座り、いつになく、思い詰めた顔でうつむいていた。

「ニニア……」

「ごめんなさい。でも」

肩を震わせ、ニニアは続ける。

「ニニアね、ほんとは、わかってるの。外で、怖《こわ》いことが起きているんでしょ？　何か月か前に、急に、街が騒がしくなって、お父さんがどこかに行っちゃって……それから、お姉ちゃんが急に怖いくらいの声で、ニニアは、絶対にここから出ちゃ駄目《だめ》だって」

「……」

「でも、ここにいてもニニアには聞こえるの。だからわかるの。お姉ちゃんが……ひどいこと、されてるのも」

クオンは何も言うことができない。ニニアが知っていたこともショックだったし、そんなニニアにまるで気づかず、勝手に癒《いや》されていた自分が恥ずかしくもあった。

「ここにいても、いつかニニアも……って思うと怖い。でも、他《ほか》の人に無理やりされるくらいなら……お兄ちゃんに、最初の人になってほしいの」

おずおずと、迷うニニアの手が、クオンの肩や、背中に触れた。焦点の合わない目に、涙が浮いた。

「だってニニア、お兄ちゃんのこと好きだったんだもん……ずっと前から……小さいころから……だから、お願い……」

わずかに嗚咽《おえつ》を漏らすほか、声もなく、ニニアは泣き続ける。クオンの心は大きく揺れた。ニニアの切実な訴えが嘘《うそ》とは思えない。だが、クオンにとって、いまもニニアは小さな妹でしかない。ニニアと男女の関係になるなど、想像することもできなかった。それに実際の年齢はどうあれ、ニニアの幼い身体つきでは、男を受け入れるなど無理だろう。それ以上に、無垢《むく》な少女であるニニアの心を、自分が汚すことはできない。

「ニニア」

クオンは、そっとニニアの肩に手をおいて、前髪を分け、額にキスした。

「大丈夫だよ。僕と、シーリアが、君を守るから……もう一度髪を撫《な》で、クオンはベッドから立ちあがった。

「いや。待って、お兄ちゃん。ニニアのこと、お兄ちゃん嫌いなの？」

「いいや、好きだよ。また来るからね。シーリアの言うことをよく聞いて、チュー太とここで遊んでるんだよ」

「お兄ちゃん……お願い……」

まだ背中にニニアの声を聞きながら、クオンは部屋の扉を閉めた。本当に、自分がもう一度、この部屋を訪れることができるかどうかは、自信がなかった。

剣技場で、ナスタースはひどく不機嫌な様子で腰に手をあてた。

「……お前が余計なことをするから、殿下が会議に出席してくださらないではないか。責任を持って、捜してこい」

「おいおい、そりゃ違うんじゃねーのかあ？　おれらがここで訓練してたら、王子が来て、クオンと模擬戦《もぎせん》することになったんだぜ？」

ハーデンがクオンを庇《かば》ってくれたが、いい、とクオンは手を振って、剣技場をあとにして歩き出した。事情はハーデンの言うとおりだが、クオンも、ヴァイスが会議に欠席していると知りながら、彼との模擬戦を楽しんでいた。

――楽しかったぞ。いつか、必ず続きをしような、クオン。

そう言って剣技場を走り去り、ヴァイスはいまも、ナスタースやルージア卿《きょう》の目をかすめ、城内のどこかに逃げている。統治者として真面目《まじめ》な態度とはいえないが、たぶんヴァイスは、日ごとに近づくバンディオス王についての報告を聞きたくないのだ。ヴァイスも若い。わかっていても、あえて知りたくない現実もある。クオンには、その気持ちが少しわかる気がした。あの男に共感するなんて、自分はどうかしているとも思う。剣を交わしている間、ほんの少し、ずっと昔のような気分に戻ってしまったせいかもしれない。ヴァイスもあのとき、クオンの剣に何かを思い出したような顔をしていた。まさかあれで、おれの昔の姿に、感づいたわけではないだろうが……。

クオンはすっと左目を細めた。廊下から前庭に出たあたりで、いきなり浴びる日差しがまぶしい。空は青く、庭は緑の匂《にお》いがした。人は戦《いくさ》で滅ぼしあい、不安や苦悩や屈辱を抱えて生きているのに、自然は変わらずに美しい。この庭に、たしか「フィランの大樹」があるはずだ。フィラン城がこの地に建《た》てられるよりも昔から、神木として奉《たてまつ》られていたという、古い樹木。すぐにその雄大に茂る枝が見えてきた。クオンは、つい懐かしい気持ちで大樹を目指した。ずっと昔、小さな女の子を捜してここを歩いた記憶がある……そう、あれは……。

と、大樹の下で何かがキラリと光ったと思うと、そこから黒い影が走り出て消えた。あの影は、ヴァイスの黒髪ではないか？　クオンは大樹へ足を速める。すると、そこにエルフィーナが座っていた。光ったのは、エルフィーナの金の髪だったのだ。

「ヴァイス王子が、ここにいたように思うのだが」

つい声をかけ、クオンは少し後悔した。自分を見る、エルフィーナの表情は堅く、恐れを隠しているようだ。無理もない。いまの自分はヴァイスの私設衛兵の上、全身に包帯を巻いた気味の悪い男だ。

姫《ひめ》はとくにヴァイスの行方を知っているようでもなかったので、クオンはこれ以上エルフィーナの邪魔にならぬよう、早々にその場を立ち去ろうとした。

「お待ちください！　あの……」

ところが、その背中にエルフィーナが声をかけてくる。振り向くと、エルフィーナが白い手袋をした手のひらを、おずおずと、クオンに向けて差し出した。

「あの……この、指輪に見覚えはありませんか……？」

手のひらに載った、紋章入りの金の指輪。それは——だが、クオンはこみあげる思いを振り切って、無言のまま首を横に振った。

「……そうですか……」

エルフィーナはふたたび指輪を手のひらで包んだ。なぜ姫は、この指輪を自分にわざわざ見せるのだろう。まさか、姫も薄々、おれの昔に気づいて反応を試しているのか？

「バンディオス陛下が、フィールへいらっしゃるそうですね」

エルフィーナはふいに話題を変えた。

「そうしたら、この国はどうなるというのでしょう。ヴァイス王子の『布令』は、効力をなくすとも言われていますが」

『布令』がなくなる可能性を言いながら、姫に喜びは感じられない。睫毛《まつげ》を伏せた蒼《あお》い目には、むしろ、不安が色濃く見えた。その認識は正しいと思う。

「それは、この国が、敗戦国の本来の姿に戻るということではないのか」

辛いだろうが、クオンはあえて、姫にもそれを言うことにした。

——王が来て、『布令』がなくなるということは、ヴァイス王子の統治が終わるということだ。つまり、奉仕制度が終わると同時に、略奪や殺戮《さつりく》の禁止も効力を失う。

その後、バンディオスがどんな統治をするかはわからない。だが王は、例えば、征服した街で王に服従しない者がひとりでもいるなら、街ごとすべて焼き払い、火だるまになる人々を見ながら、王妃を抱いて楽しむような男だそうだ。そんな王が、兵による略奪や人殺しを、いちいち禁じるとは思えない……。

「そして、秩序なく暴走した兵士達が、どれほど残酷に民から奪い、女を犯し、殺すかは……それだけは、おれもよく知っている」

クオンはつい声を震わせた。胸を焼く、三年前の辛い記憶——フェリア。いや、いまそれを思い浮かべるのはあまりにも辛い。クオンはエルフィーナに目を向けた。姫は、クオンの冷静、というよりも容赦のない言葉にはっきりと打ちのめされ、怯《おび》えていた。目を閉じて、祈るように金の指輪を握りしめている。クオンは、エルフィーナが目を開かぬ隙《すき》にそっと息をつき、義足に触れた。

「……婚約者の指輪か」

「やはり、ご存じなのですか⁉」

エルフィーナの声に期待が混じる。

「いや。だが、街の者たちは噂好《うわさず》きだ。嫌でも耳に入ってくる」

クオンは嘘で、その期待を消した。

「そうですか……」

エルフィーナは、ふたたび目を伏せて、そっと手の中の指輪に口づけた。クオンはやるせない思いで拳を握る。なぜ、この姫にしてもヴァイスにしても、いまだにクオン王子を求めるのだ。あの男は、自分の立場に疑問を抱き、周囲に応《こた》える自信がない本心を、優《やさ》しさでごまかしていただけだ。それなのに……。

「——死人のことは……忘れたほうがいい」

「な……！」

エルフィーナは、きっと振り返ってクオンを睨《にら》んだ。

「なぜ、そのようなことを言うのです……国も、父も母も失ったわたくしが、せめて思い出に縋ろうというのが、そんなに悪いことなのですか⁉　なぜ、ヴァイス王子だけでなくあなたまで、わたくしを責めるのです……わたくしは……」

エルフィーナの白い肌が紅潮し、きれいな蒼い瞳《ひとみ》に涙が浮いた。涙はたちまち雫《しずく》となってこぼれ落ち、エルフィーナは手で顔を覆った。

「すまない……だが……」

思い出の中のクオン王子は、現実の君を救ってはくれない。勝手な願いかもしれないが、僕は、君にフィールの姫として、辛くとも、民のために――そう、シーリアやニアのためにも――強くあってほしいんだ。

けれど、泣き続けているエルフィーナには、クオンの心の声など届くはずもない。クオンは無言のままエルフィーナに背を向けて、フィランの大樹から離れていった。誰《だれ》の思いにも応えられず、それどころか、悲しみばかり増やしている自分への苛立《いらだ》ちが、そろそろ限界に近づいていていた。

その夜、ヴァイスはひときわ淫《みだ》らな遊びでエルフィーナを弄《もてあそ》んだが、クオンがそっと見る限り、エルフィーナが、それを心から拒んでいるとは思えなかった。むしろ、何かの糸が切れ、理性を投げ出し、みずから身も心も淫らになろうとしているようにさえ見えた。

自分の言葉もその一因になっているのだと、クオンは暗いため息をついた。

ようやく仕事を終えたあとでも、街を歩くクオンの足取りは重かった。あの宿へまた安らぎを求めて帰る自分が、ひどく図々しく、滑稽《こっけい》に思えた。

いっそ、もうこの国を出て、誰も知らぬどこかへ姿を消してしまおうか。この先たとえ機会があっても、もはや自分に、ヴァイスを殺すことはできないだろう。ならば――。

「……アァ！」

月の細い暗い街角で、ひときわ高い声が聞こえた。また誰か、女がひどい目にあっているのか？　いや違う。これは「奉仕」の声じゃない。クオンは声のするほうへ走った。すると、通りの向こうから、よろよろと走ってくる女が見えた。髪を乱し、息を切らして、切れ切れに叫びながら近づいてくる。

「ア……ニニアァ……」

「シーリア！」

クオンは、その場で崩れそうになるシーリアを抱き留めた。が、シーリアはそれがクオンだとも気づかない様子で、腕を振り払おうとする。

「離して！　私《わたし》、捜さなくちゃ……あの子を……ニニアを……」

「なんだって！　ニニアが、いなくなったのか？」

クオンは、シーリアの両腕をつかんで向き直らせる。と、クオンの目を見て初めて少し正気にかえったように、眉を寄せ、シーリアが怪訝《けげん》な顔をした。

「どういうこと？　なぜ、あなたが」

「話はあとだ。何が起こった？」

「あ……あの……私が、買い出しから戻ったら……店の前に、馬車が止まってて……男の人が、大きな袋を抱えて家から出てきて……倉庫の、隠し扉が開いていて……」

いないの……ニニアが、どこにもいない……。

あとはもう、シーリアは言葉もないまま、脱力してその場に泣き崩れた。

クオンは、シーリアを支えてやることもできずに、ただ呆然《ぼうぜん》と立ちすくんだ。


埃《ほこり》と、カビの匂いがする部屋。湿った空気。

「どこ……？」

耳にかえってくる声の響きで、ここが窓のない、壁の厚い部屋だとわかる。音も匂いも、よく知っている自分の部屋とは、まるで違う。

「どうして……怖いよ……お姉ちゃん……お兄ちゃん……」

恐ろしさと、心細さでニニアはすぐに泣き出してしまう。出口を探そうと壁づたいに歩くが、進んでも、扉は見つからない。冷たい石の手触りだけが伝わってくる。

「いや……いやだよ……う……こんなところ……いや……」

泣きながら、ニニアはかぶりをふった。いったいなぜ、何が起きて自分がここにいるのかがわからない。この数日、ニニアはケインが部屋を訪れてくれないのがさみしくて、ニニアが彼を怒らせてしまったなら謝りたくて、シーリアが留守にしたのをきっかけに、こっそり、部屋を抜け出した。そこまでは、はっきり覚えている。そうして、壁をつたってお店に出たら、扉から、誰かが入ってきてニニアに話しかけてきた。

（おや、これは……ひょっとして、シーリアちゃんの妹さんでございますか？）

男の声、どこか聞き覚えのある話し方。ニニアはちょっと怖くなったけれどうなずいた。

（そういえば、もう何か月も姿を見かけておりませんでしたが……ひょっとして、どこかにずっと、隠れていたのでございますか？　ええと、戦の起きる前から？）

（戦？　戦があったの？　それで、お父さんがいなくなっちゃったの？）

（……ほほぉぉ……これはこれは……真珠を、見つけたでございますですよ！）

男の人の興奮した声がして、あとは、もうよく覚えていない。家に何人か人が来て、ニニアを頭から何かに包み、そうして、気がついたらここにいた……。

「グフフフフ」

「ひ……っ……？」

「逃げろ逃げろ。見えない目で、逃げられるものなら逃げるがいい」

グシュフフフ、と、餌《えさ》を目にして涎《よだれ》を流す畜生《ちくしょう》の声で、バディゼが笑った。連れて来られた娘が盲目であることは、すぐにわかった。おかげで、安心して値踏みができる。どのみち、遠慮などする気もないが――うむ。きめの細かい肌といい、まだほとんど膨らみを感じない胸といい、きゃしゃでまっすぐな脚《あし》といい……上物だ。出し惜しみをしおって、ゴルビーノのやつめ。顔だちも、超がつくほどではないが、美形の部類だ。怯えた初々《ういうい》しさもいい……この娘を、これからこのワシがじっくりと……。

「助けて……お願い、誰か……お姉ちゃん……お兄ちゃぁあん！」

恐怖のあまり、ニニアはもう動くこともできなくなり、部屋の角に身を寄せて縮こまってしまう。

「グフッ……おやおや、もうお終《しま》いか？」

バディゼはゆっくりとニニアに近づく。足音に、ニニアはびくりと身を震わせて、座ったまま後ずさりしようとするが、背後は壁。

「ここから出して……おうちに、帰してようっ！　……うう……」

後ろ手に壁を引《ひ》っ掻《か》いて、激しく叫ぶしかないニニア。

「可哀相《かわいそう》だが、まだ、わたくしの用件が済んでおらんのだ」

「用件？　用件って何？　ニニアに、なんの用があるっていうの」

「それを言う前にひとつ、お嬢《じょう》さんに確かめておかねばならないことがある」

バディゼは妙に冷静な声になり、太い指で片眼鏡を一度持ち上げた。突き出た腹が難儀そうにニニアの前に膝《ひざ》をつき、耳もとへ、押し込むような調子で囁《ささや》く。

「君は、本当に処女なのかね？」

「……？」

「どうなんだ。男に抱かれたことはあるのかと訊《き》いておるのだよ」

「そ、そんな、こと……」

戸惑い、うつむくニニアの脳裏に、優しい義理の兄の笑顔が浮かぶ。ニニアの中では、彼は三年前と少しも変わらない姿のままだ。勇気を出して、抱いてほしいと言ってしまっ

「答えてくれれば、ニニアの願いは……。ここから出してあげてもいいのだが」

「ほ、ほんとに？」

「ああ。こう見えても、わたくしは紳士《しんし》なんだ。っと、見ようにも見えていないのだったな。すまないね」

幼い子供をなだめるように、バディゼは急に優しい声色になった。ニニアはなおも困りながら、小さな身体をさらに小さく、消え入りそうに縮めて言った。

「……そ……そう、です……まだ……」

「ほぉぉ……それはそれは……グフッ……グフフッ……」

バディゼはニニアの答えを味わうように何度もうなずき、笑いを漏らした。

「答えたでしょ……ここから出して」

「ああ。帰してやるとも。わたくしの用件が済んでからな」

「……ひっ⁉」

いきなり太腿《ふともも》に触れる手に、ニニアは驚いて逃げようとした。が、その手はニニアの脚をしっかりとつかみ、ニニアは床に転がった。

「あっ！　いやっ！」

見えない世界で、ニニアは必死に抵抗する。身をよじる動きが、短いスカートをめくりあげ、中の下着がバディゼに丸見えだとも知らずに。

「グフフフ……わたくしの用件はね、お嬢さん……お前さんの処女をいただくことだよ！」

「ニニア！」

「ニニア！　どこだ！」

シーリアとクオンは、必死にニニアの名を呼びながら、夜の町中を走っていた。体力的にも限界だし、シーリア自身が危険だからと、クオンは何度もシーリアを止めたが、シーリアは頑《がん》として聞き入れなかった。

「あの子にもしものことがあったら……私はもう、生きていられない……」


さらにそのころ、夜の街を音もなく歩くほっそりとした影があった。

――やはり、クオンをこのまま放っておくことはできない。

ヴァイスのそばに控《ひか》えるいっぽう、クオンを随時観察して、影は危険だと判断した。クオンが城に現れてから、ヴァイス王子はどこか変わった。あるいは、隠されていた部分が明らかになりつつあるのかもしれないが、どちらにしても、ヴァルドランドの第一王子、次期国王になるべきヴァイスアードにとって、それは望ましい状態ではない。それだけではない。いつの間にか、影である自分自身さえ、クオンという男を知ってから、どこか心が揺らいでいる。自分は身も心も、命もすべて、ヴァイス王子に捧げている決意に変わりはないが、あのクオンという男には、影ではなく、別の存在として向き合いたいと願ってしまう。このようなことを自分に思わせるというだけで、あの男をこのままにはしておけない。

影はギャレットの店に向かった。惑いを断ち切る短剣を懐《ふところ》に忍ばせて。


「いやあ……止《や》めて、こんな、こんなのいやだよ……恥ずかしいよう……」

地下室で、ニニアは顔を真っ赤にしながら泣いていた。目は見えなくても、自分がいま、男の前にどんな姿を晒《さら》しているかはわかるだろう。靴下《くつした》のほかは何も身につけない裸にされて、両手を縛られ、両脚も、膝を折って股間《こかん》を丸出しにしたまままきつく縛られて、立つことはもちろん、膝を閉じて恥ずかしい部分を隠すことさえできないでいる。ひっくり返された人形のように、怖いよ、怖いよと泣きながら、ニニアは膝頭だけを懸命《けんめい》にモジモジと揺すっている。

「グフフフ……良いのう……良い眺めじゃ」

バディゼはニニアを見下ろしながら、じっとその身体を観察した。女としての成熟に欠けるニニアの身体は、乳房も小さく、ウエストのくびれもはっきりとしない。三角形の貧弱な乳房の頂上にある乳首だけは、子供のそれよりは若干大きく、緊張のためかやや勃起《ぼっき》して、左右に引っ張られたように外を向いていた。

「どれ」

「あっ！　いやっ！　痛いっ！」

顔をしかめ、身をよじってニニアは乳房を掴む手から逃げようとした。が、バディゼは抵抗されたとも思わずに、無理やりにぐいと手の中へ乳房を包む。

「痛い……痛いようっ……」

「グフフ、乳の奥のほうがまだ固いわ。無理もないのう、まだロクに揉《も》んでやることもできぬような膨らみでは……だが、こっちはいじれば固くなるんだろうが？」

「あっ……や……っ……った……」

バディゼはニニアの乳首をつまんだ。指で挟み、プニプニと揉みつぶすように刺激してやると、少しずつ、乳首は固さを増して、指の抵抗感がつよくなる。

「感じてきたか？」

「ひいっ……」

バディゼはニニアの股間に触れた。そこはほとんど子供のままで、まるで発毛していない。割れて開いた肉襞《にくひだ》は厚く、ぴったりとあわさって、クリトリスはここまで開脚した状態でも見えなかった。バディゼは鼻先をそこへ近づける。

「……おう、たしかに処女の匂いがするわ。オマ×コの使い方を知らぬぶん、洗い方も少々足りないのう」

「い、や……いやあっ！」

ニニアには、もちろんバディゼが何をしているかを直接見て知ることはできない。だが、その部分にねっとりと絡みつき、ニニアの大事なところをなぞるように這《は》い回る生あたたかいザラザラしたものが、人間の舌であることはわかる。ニニアはいま、名も知らぬ、どこの誰ともわからぬ相手に、裸を見られ、恥ずかしいところもすべて開いて、そこをいいように舐《な》められているのだ。怖かった。あの部分が、キュッと縮んで固くなる。おしっこを漏らしてしまいそうだ。漏らしたら、この相手はひどく腹をたて、ニニアを殺すかもしれない。考えると、全身がぶるぶる震え、少しだけ、やはりおしっこをしてしまった。相手が気づいたかどうかはわからない。が、少なくとも気にする様子はなく、相手は鼻を鳴らしながら、ニニアの割れ目を舐め続けた。

「ううむ……処女は、やはり濡《ぬ》れないのう」

だがそこを、無理やりに突き破るのが楽しいのだ。と、バディゼはニニアの背後から、縛った膝を持って抱えた。小柄なニニアは、かるがると身体ごと持ち上げられる。

「あ、いや……いやあ……」

ニニアがまた全身を震わせた。バディゼは腰を突き出して、自分のものの先端を、唾液《だえき》で少しだけ湿っているニニアの入口にぴたりと当てた。

「ふんっ」

声をかけ、割れ目を押し開いて入れようとする。とたんに、ニニアは背中を大きく反《そ》らし、腰を揺すって暴れ始めた。

「いやあっ！　いや、いや、痛いいーっ！」

「何を言っておる。まだ、先端もロクに入っておらぬぞ？」

バディゼのものは、ニニアの厚い左右の肉襞を、ほんの少し、割っているだけだ。これだけでも、開いたことのない部分には負担らしい。バディゼはさらに腰を進めた。しかし行く手はぴっちりと、バディゼの侵入を拒んでいた。

「止めてえ……いやあ……!」

暴れるニニアに構わずに、勢いだけで入れようとすると、バディゼのものはつるりと弾《はじ》かれ、ニニアの股《また》の間を擦《こす》った。

「おっと。さすがに活《い》きがいいわ。ほれ、ほれ」

「う……い、やっ……」

バディゼはわざとそれを股間に往復させて、これからこれがお前の中に入るのだぞと、予告するように擦りつけた。いや、いやと、ニニアは膝を揺すって抵抗する。見えなくても、男女の行為の意味がわかれば、それが何かもわかるのだろう。嫌なの、お願い、と、抵抗に哀願の声が混じってきた。哀れなさまが、バディゼを余計に興奮させるのだとは気づくまい。バディゼのものは一段固さを増して、先端からかるく汁を滲《にじ》ませた。

「さあ……本格的にいただくとするか」

バディゼは股間の往復を止め、閉ざされたままの入口に、ふたたび侵入を開始した。今度は、じっくりとそこを開かせて、じわじわと、処女膜《しょじょまく》へ近づくつもりだ。

「しかし、狭い、狭いぞぉ……処女だ、処女のオマ×コの狭さだ！」

「ひいっ……痛いいッ……痛いようっ……いいいっ……！」

バディゼは、荒い鼻息をニニアの耳もとでふんふんと吐きながら、ニニア自身の身体の重みで、少しずつ、そこが開いていくようにおろしていく。すると、そこは細い繊維《せんい》が一本ずつぷつりぷつりと切れていくように、バディゼのものを受け入れ始めた。

「いいいいっ……ぎいいい……痛い、痛いいっ……」

一本一本の感触があるたび、ニニアはびくんと腰を動かし、唇を噛《か》んだり開いたりして、切り開かれる痛みに泣き叫んだ。

「くるくる……来るのうっ……この感じ……ふぬうっ……」

幼いそこが、黒みを帯びた男のものに無理やりに大きく広げられ、血を滲ませているさまをみて、バディゼの背中がぞくぞくと震えた。

「ぐはあ……う、はああ……う……」

いっぽうで、ニニアは「痛い」の言葉も出なくなり、ただ衝撃に反応している。肌が粟《あわ》立《だ》ち、乳首がキリキリと絞られたように勃起して、全身が堅く緊張していた。

「グフフ……グシュフフフ……あった、あった、あったぞおお……」

先端に、ニニアの処女膜の存在を感じて、バディゼは口の端に泡《あわ》をたてて笑った。それから、みずからを落ち着かせるようにふっと息をつく。

「それじゃあ、いまから、お前を女にしてやろうな。お前のオマ×コに初めてチ×ポを挿入《そうにゅう》し、処女膜を裂いて射精するのは、このわたくしだ。覚えておけ」

「ひっ……いやあ……やめて、やめて、いやなのおお！　許して、お願い、それは許して……う……う⁉」

「ふんっ！」

――ブツリ。

突き破る感覚と、突き破られる感覚が、繋《つな》がりをつうじて一つになった。

じわじわとおろしていたニニアの腰は、一気に、バディゼの根もとまで引き下ろされ、ニニアの、身体の奥深く、バディゼのものが入り込んだ。

「あ……」

瞬間、ニニアの見えない目は、まるで一つの場所を見すえているように大きく開いた。

「あああ……いやあ、いやあ、いやああっ‼　いたい……いたいの……痛いよう……！」

「くうっ……たまらん……処女の狭い中がわたくしのチ×ポで、いっぱいに広げられているっ……貼《は》り付いてくる……どうだ……どれどれ……」

「ひ、ひいいいいいーっ！」

いったん入れたものを引き出され、ニニアはさらに痛みに泣いた。バディゼは、引き抜いたものに絡む透明な蜜《みつ》の混じった血に、満足げな満面の笑みを浮かべた。さらに突く。抜き出す。突く。抜き出す。グジュ、グジュッと結合部が少しずつ音をたて始めた。処女喪失で流れた血が、いったんは外へ零《こぼ》れながら、押し戻されかき回されている音だった。

「あうう……あう……」

その音と、身体の一部を下からえぐり取られるような感覚に、ニニアの意識が徐々に遠のく。自分の身にいま起きていることを、心が拒否して忘れようとするのか。

「おおっと、気絶するんじゃないぞ。お人形さんを抱いてもつまらんからな」

バディゼは丸く太い指で、ニニアの乳首を揉みつぶすように挟んだ。

「きひぃい……っ！」

ニニアの身体が跳ね上がる。意識が現実に引き戻される。

「ほれほれ、可愛《かわい》がってやるからな……しかし、小さい胸だのう……」

「や、あうう……く……」

指で乳首を捻《ひね》りまわされると、下半身の痛みとは違う感覚が、胸から背中、首筋を這い上がってニニアをおかしくしようとする。唯一自由になる首を激しく振って、二つに結った髪をゆさゆさ揺らし、ニニアはそれを払おうとした。けれど、あそこに入っている太いものの動きと、乳首からのチリチリする感覚は、一つになってニニアを責める。

「あう……はあ……」

昼から勝手に涎が流れ、乾いた喉《のど》が声をあげる。ニニアの身体はすでにニニアのものではなくて、太いものの持ち主の所有物であるかのようだ。

「ようし、おとなしくなってきたな……そろそろ動いてやるとするか」

「あ、ぐ！　い、やああ……うあああ……はあああっ！」

バディゼは鈍そうな身体に似合わぬ速い動きで、ニニアの中をかき回した。いっぱいに開いてバディゼを包む、赤く染まったニニアの狭い入口が、グチュ、チュクチュクと音をたてる。結合部から零れた液体が、張りつめた太腿まで流れていた。バディゼはさらに深く突いた。

「はぐうっ！」

「おお、いい……きたきた……いくぞ……ふうう……処女を散らしたばかりのオマ×コに、たっぷりと子種を恵んでやるぞっ……」

「ひいっ……やだ……やだよお……赤ちゃんできちゃうよう……」

ニニアは顔をクシャクシャにして激しく泣いた。

「赤ちゃんが……あっ……ああっ……」

「うほおっ！」

ひときわ深く、ニニアの中へ挿入したまま、バディゼは動きを止めて射精した。ぁ、と小さく言ったきり、ニニアは声を失ってしまう。身体の奥で、ビュッ、ビュウッと断続的に吐き出されたものが、深く染みていくのを生々しく感じた。これでニニアは、名前も知らない、恐ろしい男の子供をお腹《なか》に宿してしまうのだ。これから、少しずつお腹が大きくなって、やがていま、男に広げられているところから、ニニアと男の赤ちゃんが……。

「ああ……あああ……」

想像して、ニニアは静かな絶望の息を吐いた。


シーリアとクオンは、店のテーブルを挟んで向かいあっていた。

思いつくところはすべて探して、もしや帰っているのではないかと淡い期待を抱いていたが、やはりどこにもニニアはいない。

「――そう……その髪は、脱色して……厳しい生活で、声も変わって……」

シーリアは、妙に淡々と、クオンの告白を受け入れていた。クオンもまた、あれほどこだわっていたはずなのに、いまはどうでもいいことのように、自分がケインであることを打ち明けていた。せめてそのことでシーリアが怒り、三年も自分たちを放ったあげくにこの失態か、と、恨《うら》みをぶつけてクオンを刺しでもしてくれたら、お互いに、少しは気が楽になれるのにと思った。

だが、シーリアはただ悲しげに、疲れたようにうつむくだけだ。

「私は、外見に騙《だま》されていたのに、ニニアはすぐに気づいたのね……うふふ……私って、本当に昔から鈍くて……姉さんと、ニニアの間でオロオロしてるばっかりで……」

伏せた睫毛を涙が濡らした。

「こんな私だから、ニニアを守ってあげられないのね……ニニア……」

「シーリア」

たまらずに、クオンはシーリアの肩を抱き寄せようとした。が、ふいに扉の開く音がして、伸ばしかけた腕をそのままに振り向く。

「ニニ――あ……」

「あ、あれ？　お取り込み中？　あはは……」

「あ……あんた、そうだあんたニニアを見なかったか!?」

クオンはそこにいるナグロネに走り寄り、両手でつよく両腕をつかんだ。あるいは、この謎《なぞ》の多い女なら、何かを知っているかもしれない。

「え？　誰？　ニニア……？」

だが、ナグロネは怪訝な顔で、クオンとシーリアを見比べるだけだ。クオンはがっくりと肩を落とした。そうだ。ナグロネは、ニニアの存在さえも知らないはずだった。

「何があったの」

しかし、ナグロネは顔つきを変え、鋭い調子でクオンに尋ねる。問われるままに、クオンは状況を説明した。こうなってはもう、ニニアの存在を隠しておくことも意味がない。

ナグロネは堅い表情のまま、じっとクオンの話を聞いていた。

「……わかったわ。私も手伝う。その、馬車の行く先を探せばいいんでしょ？」

「あ、ああ……だが、心当たりはもう」

「私でも、少しは役にたつかもね。少なくとも、いないよりはマシよ」

ナグロネはクオンの言葉を切って、きれいに片目を閉じて微笑した。

「あんた――いや、君は……」

「じゃあね。何かわかったら、すぐこの店に戻ってくるから」

くるりときびすを返したと思うと、ナグロネは足音もなく再び去っていった。

「あの女《ひと》は……？」

シーリアがぼんやりと問いかけたが、クオンは何も答えられなかった。


店を出て、ナグロネはひとり、自分に苦笑した。

――何をしているのだろう。私は……。

忍ばせていた短剣を取り出して、少しの間、その刃を見つめる。殺すつもりが、自分から、あの男に助けを申し出て……なぜだろう？　なぜこんなにも、私はあの男に弱いのだろう。自分と同じ、いくつもの名前と姿を持つ身だから？　いや、違う。それもあるかもしれないけれど、もっと、何かが――だが、いまはそれを考えている余裕はない。

ナグロネは短剣を鞘《さや》に収めた。ドレスを脱ぎ捨て、再びほっそりとした「影」の姿となって、さっと家の屋根に飛び上がる。心当たりは、ないではない。もしかすると、あの腹黒で、悪趣味な男が――。

影は風となって屋根から屋根へ飛んだ。


「う、ん……っ……ぐっ……」

口いっぱいにバディゼのものを頬張《ほおば》って、ニニアは苦しげに喉を鳴らした。が、それを吐き出そうとはせずに、舌を使い、逆に音をたてて強くしゃぶった。唇の周囲に溢《あふ》れる涎は、しゃぶりながら、ジュルッと音をたてて同時に吸い込む。

「ん、ぐっ……」

仕掛け人形のような単調な動きで、ニニアは頭を前後に揺すった。バディゼは、唾液で光る自分のどす黒いものが、ニニアの唇を出入りするさまを、薄笑いを浮かべながら見下ろしている。

「グフフ……だいぶ、コツを掴んできたようだな」

二つに結んだニニアの髪の一房を、片手でぐいと引っ張ると、ニニアは素直に上を向いた。

「ありがとう、ございます……ごしゅじん、さま……」

うつろな声は、とてもいま、自分が何をしているのか、わかっているとは思えなかった。

「うむ。やはり身体も心も初々しいのが一番だのう。教えたことを、どんどん吸収していきよるな。グフフ……」

「はい……ごしゅじんさまの、おかげです……」

ニニアはうなずき、床に座った。手足の拘束はすでに無く、ニニアは、自分で膝を大きく開き、指で自分のあそこを広げて、バディゼに見せた。形だけはまだ幼いままのニニアのそこは、まだ生々しい血や精液が肉襞にこびりつき、汚れていた。

「ニニアは、このオマ×コに、ごしゅじんさまの精液をいただいて、女に、していただきました……ごしゅじんさまの精液が出るおち×ちんは、ニニアの、大切なおち×ちんです」

そして、ふたたびバディゼのものに唇を近づけ、しゃぶろうとする。バディゼが教え込んだ言葉だ。すべて、ニニアを何度も犯し、ニニアの中で射精をしながら、バディゼの淫らな毒に埋められ、処女を奪われ、絶望してひび割れたニニアの心は、すでに支配されてしまっている。フン、とバディゼは鼻を鳴らして、ニニアの頭を押し戻して止めた。

「しかし、ちとのみこみが良すぎるというか、この反応ではつまらんのう。いかにこのわたくしといえど、そろそろ限界か……ふうむ」

ニニアの何もうつさない目が、さみしげに宙を迷っている。

「……そうだ。よし。かがんで、尻《しり》を突き上げろ」

「はい。ごしゅじんさま。お尻を、つきあげます」

言われたとおり、ニニアは床に手をついて、下半身をバディゼに向けて高くあげた。バディゼはその腰を引き寄せて、尻の割れ目をぐっと広げる。丸みはあるが全体に小さく、発育が不完全なニニアの尻。そこでバディゼが狙《ねら》ったのは、すでに肉襞が開いた入口ではなく、少し上の、小さく窄《すぼ》んだ丸い穴だった。

「グフフ……わたくしとしたことが……もう一つの処女を見逃していたとは」

「あ……っ……ごしゅじん、さま……」

そこに先端をあてがわれても、ニニアの声にまるで抵抗の様子はない。ただ、穴の周囲の筋肉だけが、いままでと違う感覚を警戒するようにぴくんと震えた。

「うむ。オマ×コから溢れたわたくしの精液で、ここもじゅうぶん濡れておるの……ふんっ」

バディゼは小さな穴を自分の先端で押し広げ、掘り進むように沈めていく。

「ん……っ……？　う、っ……？」

尻の穴の違和感が伝わるらしく、宙に浮いてぶらさがっているニニアの脚が、何度か揺れる。

「いいぞっ……いいぞ、狭いぞおっ……んむっ……」

「う……あ？　っ、う、あ、うああっ……！」

みしみしと、バディゼがそこを広げるたびに、ニニアの声は、少しずつ、はっきりと苦痛を示してきた。バディゼの薄い唇がつり上がる。

「おお、思ったより反応が新鮮ではないか」

「ううっ……った、痛い……っ……！」

「よしよし。よく調教を受けたご褒美《ほうび》に、ご主人様が、最後の仕上げをしてやるぞ？　女は、尻穴の処女も失って、初めて一人前といえるからな……グフフフ……！」

「うああ……ぁあああ……痛いいっ！　痛い、んううう、切れる、切れる切れる痛い痛いよ痛いよーっ……ひいっ……うう！」

ぐはあ、とニニアは理性も何もない悲鳴をあげた。バディゼは、ニニアの腸の内側を削り取る勢いで奥深いところまで挿入し、先端が落ち着いたあたりで動きを止めた。

「あったかいのう……処女の中はいい……さあ、最後の仕上げはこの尻に浣腸《かんちょう》してやるつもりで出すかのう」

「んぐっ！　嫌、いたあいっ……んああ、痛い、おしり、痛いようっ……！」

「グフフフ……もっと、痛くしてやろうなあ……」

バディゼが耳に吹き込むと、ひいやあ、とニニアは顔をくしゃくしゃにした。

「いやああ……もういや……いやあ……いやなの……」

「ごほおっ、きよった。処女の泣き声は、背中にぞくっときて射精したくなるわい」

「う、ううう……ったい……だめえ……も、う、もう……いやだあ……」

悲鳴はもう、最後にはかすれて力なく消えていた。

「うっ！　出る！」

「あはあ……」

尻の穴に、太いものを差し込まれ、腹の中に精液を注がれながら、ニニアはかすかに笑みを浮かべた。心がもう、完全に壊れて消えてしまって、辛さも痛みも、届かないところへ行ってしまった人間の笑い顔だった。


ナグロネの報せで、クオンとシーリアが、ボロ布のようになったニニアをようやく見つけたのは翌朝だった。丸裸で、全身に噛まれたり吸われたりしたあとをつけ、ドロドロに汚れたあの部分を見せつけるように開いたまま、ニニアは、路地裏に転がされていた。

「……」

言葉もなく、クオンが小さな身体を抱き起こすと、ニニアは、かるい笑みを浮かべて、ごしゅじんさま、とクオンに呼びかけて股間を擦りつけてきた。

第五章　秘めた心

「クオン」

呼ばれても、最初クオンは答えなかった。ヴァイスはいま、エルフィーナとベッドの上にいる。警護役として自分がここにいるのは仕方がないが、姫《ひめ》に姿を見せたくはなかった。

「クオン！　おれが呼んだときはすぐ返事をしろ！」

「……なんの用だ」

目を伏せて、エルフィーナの姿を視界から外すよう努めながら、クオンは天幕の陰《かげ》から一歩前へ出た。エルフィーナが、はっと息を飲む気配がした。

「お前は、おれがいつもこの姫を調教しているのを見て、どう思う？」

「……」

「世の中のことなど、何一つ興味がない顔をしているが、お前だって男だ、姫に興味はあるだろう。格好をつけていないで、見たらどうだ？　いや、命令だクオン。こっちを向いて、エルフィーナを見ろ」

このごろのヴァイスは、何か変だ。状況をおもしろがっているというよりも、半分、自《や》棄《け》になっているというか——心の底が、揺れているように感じる。やはり、バンディオス王が近づいていることが気がかりなのか？　それとも、何か別の……。

「クオン！　見なければ、このヴァイスアードに対し反逆の意志ありと見なすが良いか。それとも、エルフィーナに何か、特別の思い入れでもあるというのか」

「……」

無言のまま、クオンはうつむいた顔をもちあげた。反逆の意志はどうでも良いが、エルフィーナに「特別な思い」があるのは事実で、いまそれを、ヴァイスにもエルフィーナにも知られたくはない。ここは、感情のない傭兵《ようへい》あがりのクオンに徹しておくほうがいい。

「あ……」

あえて遠慮しないクオンの視線に、エルフィーナは睫毛《まつげ》を震わせて横を向く。耳の下から顎《あご》にかけてのきれいな線と、ぞっとするほど白い首筋、そこからきゃしゃな鎖骨の上まで細く輝いて散る金髪に、クオンの胸が熱くなった。鎖骨の下の豊かな乳房も、白い靴下《くつした》だけを身につけている下半身も、クオンを強烈に誘ってくる。エルフィーナはヴァイスに背後から抱かれ、両膝《りょうひざ》を大きく開いた姿勢でベッドに座らされていた。パックリと開いた割れ目の奥で、クリトリスは丸く勃起《ぼっき》して膨らみ、肉襞《にくひだ》は厚く、入口は蜜《みつ》で光っている。ヒクヒク動いて閉じようとする肉の間から、ジュッと新たに透明な蜜が零《こぼ》れ出た。

「いやあ……」

頬《ほお》は赤く、声は哀《かな》しげに恥じらっているが、エルフィーナの身体《からだ》はしっかりと、見られることで興奮していた。

「ククク……見てわかるとおり、姫はこのごろ、すっかり淫乱《いんらん》な売春婦になってな。ところがおれのほうはもう、一通りの調教には飽《あ》きたから、少々持て余し気味なんだ」

「あ、う……っ……」

言いながら、しかしヴァイスは、エルフィーナの乳首をこね回し、姫の反応を楽しんでいる。きゃしゃな身体に不似合いなほどの、ずっしりと重みを感じる乳房が、ヴァイスに乳首をいじられるたび、もどかしそうに左右に揺れた。深い谷間が擦《す》り合わさって、あの部分もまたトロリと蜜を吐きだした。滑らかそうな白いシーツの、姫が尻《しり》を置いているあたりから、お漏らしのような染みが広がる。笑いながら、ヴァイスがクリトリスに手を伸ばすと、んんっ、ああ、とエルフィーナは素直に甘い声で啼《な》き、さらに快楽のおねだりをするように、そっと腰を前に突き出した。

「まあ、そういうわけだから……クオン、今夜はお前がエルフィーナを抱け」

「な……！」

思わず、クオンは無表情を崩した。エルフィーナも、はっと我に返ったようにヴァイスを見た。うん？とヴァイスはエルフィーナをあやすように頬を寄せ、髪を撫《な》で、乳首とクリトリスをいじってやる。すると、姫はわずかな怯《おび》えも抵抗もだんだんと目の中から消え失せて、ふたたび、腰を揺すりだした。

「エルフィーナのほうは、承知しているらしいぞ」

「……っ、あ……んっ、あ……」

見るかぎり、エルフィーナは承知も不承知もなく、ただ、ヴァイスに快楽で身体を支配され、判断を失っているように思えた。

「……断る」

「なんだと？」

ヴァイスの右目が紅く光った。クオンは、臆《おく》することなく片方だけの目で視線を返す。疑われるのは有り難くないが、ごまかしで姫を抱くことはできなかった。ヴァイスも視線を外そうとしない。一瞬、空気が細くなった。と、男二人の間で忘れられた隙《すき》をつくように、エルフィーナがヴァイスの腕を逃れて、膝立ちでベッドの上を動いた。

「いいのです……クオン……」

エルフィーナは定まらない視線のままクオンに近づく。縋《すが》るようにクオンの腰に手をかけてベッドに座らせ、自分は四《よ》つん這《ば》いの姿勢になった。ほっそりとしたしなやかな指が、クオンの服の前を緩める。

「姫……！」

「いいの……私《わたし》に、させて……？　ああ……」

あらわれたクオンのものを見て、エルフィーナは感激したような声をあげる。愛《いと》しげに根もとを手で包み、ふっくらした赤い唇を近づけて、クオンのものを口に含んだ。

「姫……エルフィーナっ……」

「んッ……す、うんッ……」

目を閉じて、エルフィーナはうっとりした顔のまま、唇でクオンの敏感なくびれを刺激した。よく慣れて、仕込まれている動きだった。頬に肉棒を含んでいるため、きれいな顔が歪《ゆが》んでいるが、気づくことさえない様子で、エルフィーナは無心にフェラチオをする。

「つう……」

眉《まゆ》を寄せ、クオンは何度もエルフィーナを腰から払おうとするが、絡みつき、音をたててしゃぶりつくエルフィーナの唇は、クオンのものから離れようとしない。唇が往復するたびに、ジュル、ジュルルッと唾液《だえき》が品のない音をたて、エルフィーナは茎に流れる唾液を啜《すす》りあげ、丁寧に全体を舌で掃除した。

「んっ……っ、くっ……」

クオンは、理性に身体が逆らって、少しずつたかぶっていく自分を、どうすることもできなかった。口の中のあたたかい粘膜《ねんまく》がクオンの快感を吸い出すように貼《は》り付いて、舌が先端をザラザラと舐《な》めている。男のものをしゃぶり続けるエルフィーナの上気した頬や、それが出入りする唇の動き、ユサユサ揺れる下を向いた乳房を見ていると、腰から下が重くなり、姫の口の中で先端が固く、弾《はじ》けてしまいそうになる。現実や、いま自分が誰《だれ》と何をしているのかも曖昧《あいまい》になり、ただ、女の中に射精《だ》したいという欲望だけでいっぱいになる、それがどこか、頭の中で心地よい。

「ククク……いいぞエルフィーナ、お客は満足しているらしい」

ヴァイスはそばの豪華な椅子《いす》に身を沈め、頬杖《ほおづえ》をついて見物している。

「このまま射精までしゃぶるのもいいが、せっかくだから、オマ×コにハメてもらって、お前も気持ちよくしてもらえ」

「……はい……」

エルフィーナはようやく顔をあげ、クオンのものから唇を離した。クオンは、ふらっとよろめいて、すぐに後ろへ退こうとしたが、ヴァイスがすばやく背後に回り、クオンをベッドから降ろさない。

エルフィーナは、四つん這いのままおずおずと尻を持ち上げた。

「入れてください……お願い、します……」

恥ずかしそうに、差し出された尻は真っ白で、乳房同様肉づきが良い。きゃしゃなウエストやふくらはぎに比べ、アンバランスなほどに丸みと張りがある二つの尻山。中心の谷は、すでに溢《あふ》れる蜜でトロトロになり、くすんだ紫の丸いアヌスも、縦長の肉の唇も、ツヤツヤ光りながら開いていた。

「どっちの穴に入れてほしいか、ちゃんとクオンに言わないとダメだぞ？」

ヴァイスはエルフィーナの頭側に回り、子供に言い聞かせるように髪を撫でる。エルフィーナは、コクンとうなずいて、

「お尻に……クオン、淫乱なわたくしのお尻に入れて……」

「入れるだけでいいのか？」

ヴァイスがさらに髪を撫でると、

「あ……入れて、お尻を犯しながら……指で……オマ×コを、いじってください」

消え入るような声だったが、姫の震える唇から、たしかに、いやらしい言葉が聞こえた。誰に命令されたのでもなく、手足も拘束は受けていないが、姫はおとなしくお尻を出して、クオンの挿入《そうにゅう》を待つ姿勢でいる。

「エルフィーナ……姫……」

「……いいのです……どうか、お尻にください」

姫の臀部《でんぶ》は震えていた。だがやはり、どう見ても、心から嫌がっているようには見えない。何よりも、クオンももう、いい加減、乾ききった理性を保ち続けるのがきつかった。

――すまない……エルフィーナ……。

言われたとおり、クオンは前から溢れた蜜に濡《ぬ》れた穴に先端を差し込んで、少しずつ、

エルフィーナの中へと沈んでいった。

「ん、ぐっ……あううっ……入る、入ってくるっ……お尻に、お尻の穴がぐいぐい開くのがいい気持ち、ですっ……あうっ……」

シーツをギュッと握りしめ、こめかみに汗をかきながらも、エルフィーナは、はぁ、はぁと何度も息を吐き、尻でクオンを飲み込んでいった。

「ようし、クオンが下を使うなら、おれはエルフィーナに上の口でさせよう」

「っ、ぐっ……」

ヴァイスはエルフィーナの髪を引っ張って上を向かせると、顎をつかんで口を開かせ、自分のものをくわえさせた。エルフィーナは苦しげに喉《のど》を鳴らしたが、それを吐き出そうとはしなかった。クオンが入れている尻の穴も、口にも男をくわえることで、よりつよく、きつくクオンを締めつけてくる。まるで、一人よりは二人、より多くの欲望の道具にされることを、喜んでいる娼婦《しょうふ》のように……。

「クオン、動け。マ×コもいじって、エルフィーナをい

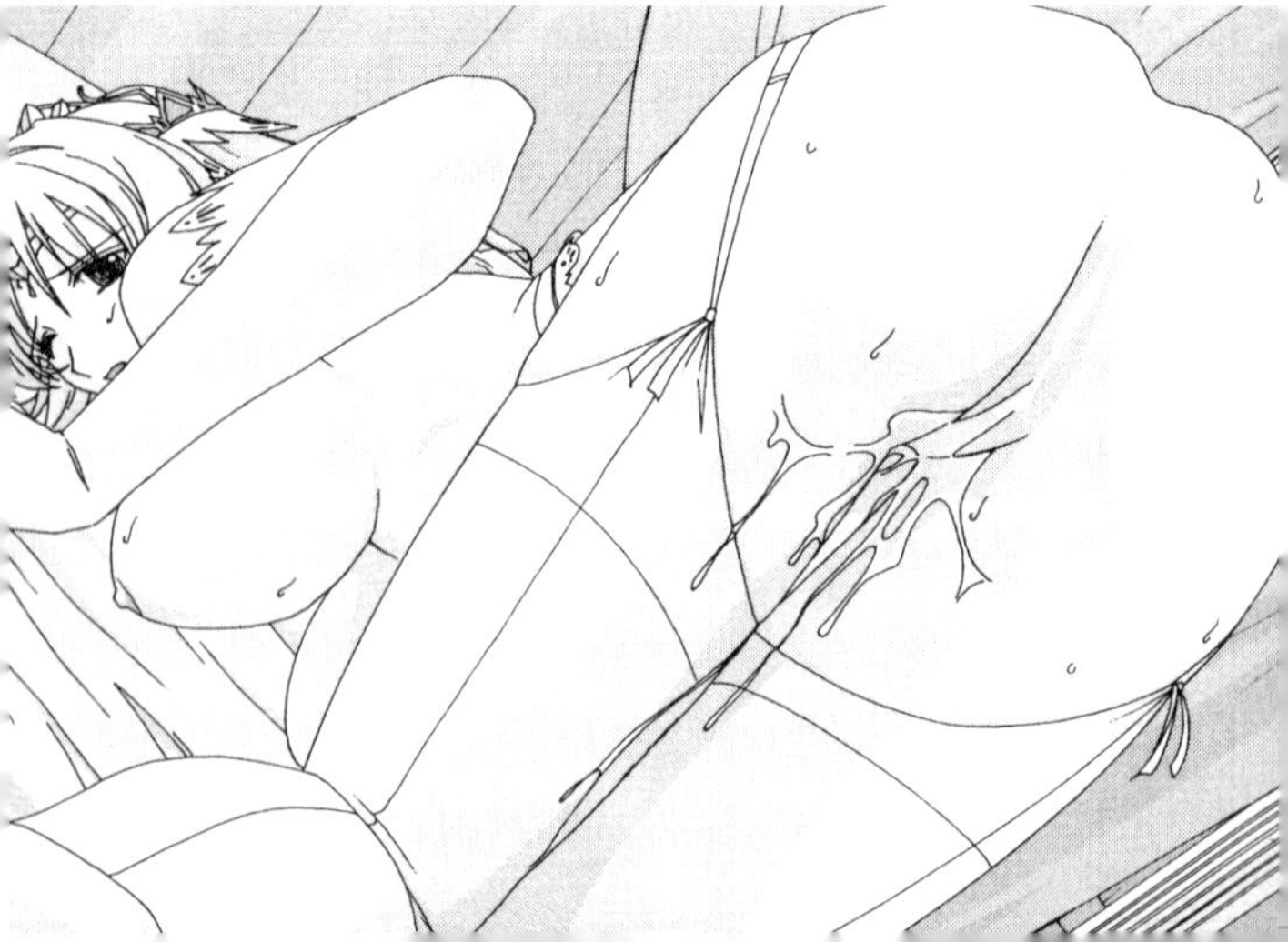

かせてやると、尻も最高にいい具合になるぞ」

「ん、うっ……ん、んッ……」

ヴァイスはエルフィーナの肩を支えて、口で奉仕をさせている。クオンはエルフィーナの腰を抱えて、エルフィーナの尻を深く突いた。普通に前でするのとは違う、縦の流れを感じるうねりが、荒々しくクオンを刺激してくる。たまらずに激しく上下に動くと、とくに引くときの感覚がよかった。根もとから強く擦《こす》りあげられ、溜《た》まった精液をすべて絞り出されているような快感に、クオンは夢中で、腰を打ち込む。白い尻と腰があたってパチンパチンと叱咤《しった》するような音をたてた。前に手を回して割れ目を開き、クリトリスを愛撫《あいぶ》してやると、エルフィーナは膝をじたばたさせて、大きく全身を震わせた。

「く」

クオンは思わず声をあげる。このままエルフィーナの尻に身体をくっつけて、一生挿入していたいと思った。一生、ただ精液を吐くだけの生き物として、姫の身体に寄生したい。醜い自分の願望が、さらに快感をたかめていった。

「クク……エルフィーナ、そろそろ出すぞ」

ヴァイスも少しうわずった声で、エルフィーナの顔に下半身をくっつけた。

「んッ……ん、うっ、うう……んっ……」

エルフィーナの声は甘かった。指が触れるクリトリスは芯《しん》まで熱く、乳房は激しく前後に揺れて、シーツに乳首が擦られている。びく、と蜜だらけの肉の唇が収縮し、エルフィーナは激しく悶《もだ》え始めた。

「ん、んんっ！　んう、ん……んんんんッ！」

　達している。誘われるようにクオンも中に放出する。たまりにたまった快楽が弾けて、大量の――――感覚的には姫の腹の中が逆流するほど大量の精液が、一気に奥で解放された。

「ク……」

　ヴァイスも、姫の口の中に放ったらしい。姫は、それでも唇を離さずに、精液を口で受け止めている。ぼんやりした目で眺めていると、姫は、コクンと喉を鳴らして、ヴァイスの精液を飲み下していた。少しだけ、唇の端から漏れた白い液体が、顎をつたって零れ落ちた。いま射精している最中なのに、さらに射精したくなる姿だった。


　迂闊《うかつ》にも、少しの間うとうとしたらしい。

　気がつくと、クオンはひとり、姫の広いベッドで横になっていた。

「おれは……！」

　不覚、と慌ててクオンは身を起こしてあたりをうかがった。だが、静かな夜の気配のほかに、感じるものは何もなかった。

「もうお目覚めですか」

　窓辺で外を見ていたエルフィーナが、クオンを振り返る。

「ヴァイス王子は、ご自分の部屋に戻られました。あなたのことは起こすなと言って、仮面の方と一緒にここを出ていきました」

「……そうか……」

　では、警護はズゥがしているのだろう。クオンは肩で息をついた。

「だいぶ、お疲れのようでしたね。まるで、何日も眠らずにいたように」

　答えずに、クオンはまだ少し乱れていた服を整え、ベッドから降りて頭をさげた。

「……すまない」

「いいえ。わたくしはまだ、眠りませんから」

「いや……」

　それだけではなく……と言いたいが、言葉にするのも申し訳ない気がした。終わってみれば、なんのことはない、クオンは、欲望に勝てずエルフィーナを玩具《おもちゃ》にして抱いてしまったのだ。

「さきほどのことでしたら、気にしないでください」

　が、エルフィーナは窓辺に手をかけて、哀しげな瞳《ひとみ》のまま笑っていた。窓からの夜風が、細い金の髪を揺らしていた。

「わたくしもあなたも、ヴァイス王子に従って、命じられたことをしたまででしょう？」

「しかし」

「……良いのです。わたくしにはもう、ほかに生きる道はないのですから。国もなく、父も母もなく……大切な人の思い出も、踏みにじられてしまいました」

「それは」

　以前にフィランの大樹の下で、おれが話したことを言っているのか？

視線で問うクオンにエルフィーナは答えず、ふたたび窓の外に目を向けた。だが、いま姫の目に、夜の景色が見えているかどうかはあやしかった。

「本当にいいのか？　あんたも……ヴァイス王子にしても」

「どういうことです？」

「運命から逃げて自棄になっていると、いずれ、取り返しのつかない後悔をするってことさ」

――おれのようにな。

「わたくしは……自棄になんて……」

「なっていないなら、それでいい。ヴァイス王子に本気で惹《ひ》かれて、やつを受け入れているのなら――」

「止《や》めてください！　わたくしは……わたくしは……」

クオンをきっと振り返ったものの、あとは言葉にならないらしく、エルフィーナは、震えて黙り込んでしまった。

「すまなかった」

「……」

「だが、おれはこんなふうに言うほかに、あんたに償《つぐな》う方法がないんだ」

「償い？　あなたが私に償うような罪を犯したというのですか？　今夜のことなら……」

「そうじゃない。だが、忘れないでくれ。……あんたは、いまも生きていて、まだ何も、終わったわけじゃないんだ」

「クオン……」

そのまま、クオンはエルフィーナに背を向けて、寝室から出ていこうとした。

「あなたは、以前と何か変わったように見えます……」

背中にエルフィーナが呟《つぶや》いたが、振り向かず、クオンは後ろ手に扉を閉めた。


宿へ戻ると、店にはまだ灯《あか》りが点《つ》いていた。客はいないが、広いテーブルの角を挟んで、ナグロネとシーリアが座っていた。

「おかえりなさい」

シーリアは、まだやつれた顔をしているが、数日前、ニニアがいなくなったときに比べると、だいぶ落ち着いてきたようだった。

「お食事は、もう済んでいますか？　まだでしたら、何か作りましょうか」

「いや、いいよ。シーリアこそ、何か食べたのか？」

「はい、少し……ナグロネさんが、作ってくれたんです」

「へえ」

クオンは思わず目を見開いてナグロネを見る。

「何よその目は。私が料理したらおかしい？」

「いや。ありがとう」

笑いかけると、ナグロネは照れて拗《す》ねたような顔で肩をすくめた。本当に、クオンはナグロネにはとても感謝している。ニニアを捜してくれただけでなく、その後も、シーリアとニニアを気にかけて、ちょくちょく店に来ているようだ。正直クオンは、シーリアを一人にしておくと、自殺するのではないかと恐れていたので、その意味でもナグロネの訪問は有り難かった。

「今日初めて、ナグロネさんから、ク……ケイン兄さんが、お勤めで、毎日お城に行っていると聞いたわ」

「え……あ……ああ」

ナグロネがそんなことを言ったのか？　シーリアにすれば、いまの城——ヴァイスのいる城は、自分とニニアを苦しめている、奉仕制度の象徴だろうに。いや、それ以前におれはナグロネに、城へ行っていることなど話しただろうか？

「兄さんは、エルフィーナ様の警護をしているんですってね。そんな大事なお勤めをしていたから、私にも、ずっと義兄《あに》だと打ち明けてくれなかったのね……わかるわ。姫様は、いまのフィールにたった一つ残された希望だもの」

「……」

実際とは、違っている部分もかなりあるが、いまそれを、シーリアに言う必要はない。

「私もね。一度はもう、死ぬしかないと思っていたけれど、ナグロネさんとお話するうちに、少しずつ、気持ちが生きるほうへ傾いたの。兄さんも、帰って来てくれたのだし、ニニアも……」

シーリアは瞳を曇らせたが、無理に唇の両端をあげた。

「……ニニアも、生きているのだし」

クオンは、無言のままシーリアの肩にそっと手を置いた。

「じゃあ、無事に今夜もお兄さまが帰ってきたことだし、私はこれで」

ナグロネが席を立ち上がった。

「あ。待ってくれ」

先に休むように、とシーリアに目で合図して、クオンはナグロネのあとを追った。

「なあに？　抱きたいなら、クオンさんならいつでもＯＫよ……と言いたいんだけど、今夜はちょっと先約があるの」

ナグロネはいつもの何も恐れない足取りで、夜の街をすたすたと歩いていく。

「そんな用じゃないとわかってるだろう」

クオンは前に回り込んだ。ナグロネは脚《あし》を止めてクオンを見た。

「シーリアとニニアのことは……感謝する。だから、なぜあんたが、おれのことをいろいろと知っているかは訊《き》かない。もともと、ただ者じゃないと思っていたしな」

「それはどうも。あなたに褒《ほ》められると嬉《うれ》しいわ」

「いちいち茶化すな。……で、ただ者じゃないあんたなら、本当はわかっているんだろう」

「何が？」

「ニニアを捕らえていった犯人だ」

ナグロネの目から、いたずらっぽい光が消えた。

「知ってどうするの？」

「もちろん殺す」

「たった一人で？　返り討ちにあうかもしれないのに？　うまくいっても、もしも相手がそれなりの立場の人間なら、ヘタすればフィラン中の人間が巻き込まれるわよ」

「……しかし……」

「恨《うら》みだけで行動しても実りがないことは、ヴァイス王子暗殺未遂の一件で、あなたも経験ずみだと思ったけど」

「……！」

そこまで、知っているなんて……君は――もうあんたなどと気軽に呼ぶ気にもなれなかった――いったい、誰なんだ。

恐れすら込めたクオンの視線を、ナグロネは、ふっと笑って外した。

「そうね。もう話してもいいかしら。私は……ヴァイス王子のいるところには、つねに存在している影よ。影だから、姿を消していることもあるし、あなたにも見えるところにいることもある」

――そうしてずっと、王子のために、あなたを、密《ひそ》かに監視していたの。王子にとって、良くない存在になるようなら、抹殺することも考えていたわ。

と、厳しい顔で付け足したあと、ナグロネはまた肩をすくめて笑う。

「でも、変ね……こうしてあなたと向き合ってしまうと、どうしても、そうする気持ちになれないのよ。それどころか、逆にあなたを助けたいと思うようになってしまって……どうしてかは、自分でもわからないんだけど」

クオンが黙って見ていると、ナグロネはあっと気づいたように言った。

「誤解しないでね。愛してるとか、そういうのじゃないから。それに、この姿であなたに会うのはもう、これが最後かもしれないし」

「どういうことだ」

「言葉どおりよ。二度と生きては会えないかもしれないし、会ってもあなたにはわからない」

「……」

「いまのあなたが、ヴァイス王子の敵でないことは、私にはよくわかっているわ。だから、監視役としての私の役目は、もうおしまい」

「ナグロネ……」

「あーあ、お別れの前にもう一度、クオンさんに抱いてほしかったなぁ……」

頭の後ろで両手を組んで、ほっと息をつくナグロネは、もう、いつものナグロネに戻っていた。

「でも無理ね。あなたのこと、必要としてる女《ひと》に申し訳ないし」

戻ってあげて、とナグロネは、ギャレットの店を振り返った。クオンはナグロネの肩を抱き、背中をそっと引き寄せた。腕の中に包むとナグロネは、印象よりもずっと小さく、首や腕は儚《はかな》ささえ感じるほど細かった。

「……ありがとう」

「うふふ。もしも、私に感謝してくれるなら……戦って。ヴァイス王子と共に」

ナグロネは、すっとクオンの腕から離れ、その場でドレスを脱ぎ捨ててしまった。下には身体にぴったりした黒を着ていて、走り出せばもう、闇《やみ》にまぎれて姿が見えない。じゃあね、というナグロネの声だけが、クオンの耳に残っていた。

「そうか。陛下はもう、ずいぶん近くまで来ておるのだな」

屋敷の居間で、部下からの報告を聞き終えたバディィゼは、カールした口髭《くちひげ》の先を指で弄《もてあそ》びながら、ふうむとうなった。

「弱ったのう……いまのところ、わたくしは何も、陛下がお喜びになる成果をあげてはおらぬ。陛下にとって、可もなく不可もなくは、失敗と同じことじゃからのう」

だいたい、とバディィゼは控《ひか》えている部下達を睨《にら》んだ。

「お前達が、いつまでもヴァイス一人に手間取っているのが悪いのじゃ」

「はっ……申し訳、ございません」

部下達は小さく身を縮めた。

「あの親子は、特別に仲が悪く憎みあっておるからな。陛下がここへ到着する前にヴァイスを仕留めておけば、わたくしも、陛下に胸を張れるものを」

「近くまた、機会もありますゆえ……次こそは」

「あてにしないで待っておるわ。しかし、それが失敗した場合はどうするかのう」

「閣下。では、こうしてはどうでしょうか」

部下の一人が進み出て、少し声を潜めて提案した。耳を傾け、おお、おおとバディィゼは何度もうなずいて鼻息を荒くした。

「名案じゃ！　なるほど、すぐにそのようにせい！」

「ははっ」

部下達は、さっとその場で散り散りになった。一人残ったバディゼは、グフフフ、と嫌な笑いを浮かべながら、自分の寝所へと歩いていった。

——冗談じゃないわ……。

物陰で、いまのやりとりをすべて聞いていた影は、すぐ屋敷を出て城へ向かった。じつはクオンの先手を打って、バディゼを始末するべく忍び込んでいたのだが——むろん、バディゼの趣味からしても、ニニアを濬《さら》った犯人がこの男であることはわかっていた——いまは、それよりも優先しなければならないことがある。

屋根を飛び、木々をつたって、影はフィランの城へと急いだ。


辛くても、クオンは時間があるたびに、地下室へニニアの様子を見に行く。いまも、寝る前に一度顔を見ようと、クオンはそっと隠し扉を開けた。

「ニニア」

小さく名を呼ぶ。返事はない。奥へ進み、クオンは手にしたランプをニニアの枕元《まくらもと》へ置いて、顔を見下ろした。

「……あ」

そこに、気配を感じとったのか。うつろなまま、人形のように動かずにいたニニアが、まばたきして唇を震わせた。

「うっ……あ……ああ……はいってる……ごしゅじんさまの、おっきいのが、奥まで、かきまわしてるよぅ……」

抑揚のない声で、淫《みだ》らな言葉を次々と口にしながら、人の気配で動く仕掛けの人形のように、ニニアはくねくね腰を揺すった。ニニア、とクオンはもう一度名前を呼んで、哀れな少女の頬を撫でてやる。すると、ニニアがその手に自分の手を重ねた。震えている、小さなニニアの手が、クオンの手を媚《こ》びるような動きで撫でさすり、指を、自分の口に持っていってくわえようとした。

「ニニアっ……」

振り払うと、ニニアはわずかに眉を寄せ、不安そうな顔をした。自分の奉仕が「ごしゅじんさま」の気に入らなかったのでは、と怯えたのだろうか。ベッドの上でもぞもぞと動いて毛布を払い、寝間着をめくりあげて乳房を見せる。三角形の小さな乳房には、まだ、赤い凌辱《りょうじょく》のあとが残っていた。見えなくても、痛みはまだ残っているに違いないのに、ニニアは自分で自分の乳房に触り、乳首を丸めて固くしながら、ためらいもなく下着をおろし、男を誘う形に脚を広げた。

「ごしゅじんさま……オマ×コに、深くください……ぐちゅぐちゅに、かきまわしてください……あ、赤ちゃんが……できるまで……ああ……はあっ……」

腰を揺すって、それをねだるニニアのあそこは、たしかに濡れて、シーツに染みを作っている。幅の細い腰、肉の薄い腿《もも》、まるで毛の生《は》えていない幼い割れ目。なのにそこは、もう男をすっかり仕込まれて、肉襞を膨らませ、赤く開いて透明な蜜を零していた。

「ニニア……」

泣きたい気持ちで、クオンは、そっとニニアに身体を重ね、全身で、ニニアを包み込んでやった。もしも、おれがあのとき、ニニアを抱いてやっていれば、こんなことにはならなかったのだろうか。おれの、自分さえいれば、ニニアを護《まも》ることができるという自惚《うぬぼ》れが、かえってニニアを危険にさらして……。

「ください……ごしゅじんさま……もっと、はげしくっ……」

ニニアはそこを、クオンの股間《こかん》に押しつけるようにねだってくる。ふいにクオンは、お別れの前にもう一度抱いてほしかった、というナグロネの言葉を思い出した。そうだ。この国にいると、男が女にそうすることは、ただ女を悲しませるだけに思えてくるが、本来それは、もっと違う、相手を想《おも》うゆえの行為であったはずだ……。

クオンは、ニニアの髪と、額と、頬をもう一度、ゆっくりと、そっと撫でてやった。それから、頬にくちづけて、優《やさ》しく、ニニアの全身を愛撫していく。もう遅いことはわかっているが、ニニアが望んでいたことを、気持ちの上だけでもかなえようと思った。

「う」

乳房に触れられ、ニニアがぴくんと肩を揺すった。クオンは、未熟な乳房に痛みがないよう、丁寧に、周囲を撫でながら、乳首を口に含んで転がしてやる。ニニアの胸が、気持ちよくなって、身体が甘く痺《しび》れてくるように。ニニアの胸がかわいいと、クオンが思っていることが、愛撫でニニアに伝わるように。

「あうっ……はあ……」

ニニアは、頬をわずかに染めて、左右に首を振って息を吐いた。「ごしゅじんさま」が与えた感覚とは違うと、気づいてくれればいいのだが。

「はあっ……もっと、もっといっぱい、してください……」

ぐっと大きく脚を広げて、ニニアは股間をクオンに見せつけるように腰を突き上げた。

「してあげるよ。ニニアが、気持ちよくなるように」

クオンは、ニニアの三角地帯を手で包み、中指で、そっと中心を広げた。肉襞の一番上にある、丸い膨らみにはすぐ気づいたが、入口が濡れているわりに、そこは反応に乏しかった。幼くても、ここの快感はあるだろうに、ニニアは知らないのかもしれない。指を曲げ、クオンはそこをつついてみた。

「あっ……？」

ニニアがまた、肩を震わせる。クオンは、下の蜜を指に載せて掬《すく》いながら、丸い膨らみに塗りつけてやった。ここは、女の子の気持ちいいところだよ。ニニアもきっと、いじられるとうっとりして気持ちよくなるよ。

「う……っ……あ……あ……」

指のはらを回しながら何度も蜜を塗りつけるうちに、クリトリスは、はっきりとそれとして芯を感じる固さになり、下の蜜も、汗のように摩擦でただ流れてきたものではなく、トロリとした、糸をひくようなものに変わってきた。感じている。クオンは、指で左右に割れ目を開いてクリトリスをはっきりと晒《さら》してやり、今度はそこに、唇を寄せた。

「んうっ⁉　う、んっ……ああ……はあ、っ……」

ニニアは開いた膝をじたばたさせた。慣れない感覚に、身体が少し驚いているのかもしれない。けれど、嫌がったり、逆に「ごしゅじんさま」と呼んだりもしない。

「ニニア……お兄ちゃんが、舐めてあげるよ」

「んうっ」

クオンは、まず舌で割れ目全体をよくなぞり、舐められる感覚をそこに教えた。それから、一番上のクリトリスを唇で挟み、乳首にしてやったのと同じように、チュッ、チュッ、チュッとリズムをつけて、芯を吸い出すようにしゃぶってやる。

「んはあっ……ふう……ああ、やっ……はあっ……」

「気持ちいいかい？」

「んんっ！　ん……う、んっ……うん……」

問いかけに、ニニアが返事をしたような気がした。クオンはさらに、熱心に、クリトリスや、肉襞の内側にも舌を這わせて、ニニアのそこを可愛《かわい》がってやった。始めは堅くなっていたニニアも、やがて、クオンに身を任せるように力を抜いた。膝も揺すらず、自然に開いて、与えられる快感を味わっているらしい。クリトリスはきっちりと固くなり、蜜は絶え間なく溢れてくる。

「ニニア……」

「うんっ……ん……あ……ああ……」

少しだけ、刺激をつよくしたくて、クオンはクリトリスを甘噛《あまが》みしてみた。ひいいっ、とニニアは背中を大きくのけぞらせて、プシャ、プシャッと勢いのある蜜を吐いた。赤い肉襞が、ヒクンヒクンと脈打つように震えている。かるく、達してしまったらしい。

「よかったね、ニニア。気持ち良かったんだ」

　そうできたことを褒めてやるように、クオンは、ニニアの頭を撫でた。その額に、透明な雫《しずく》がひとつ、ぽとりと落ちる。それが自分の涙だと気づいて、クオンは泣きながら苦笑した。

「……うん……」

と、ニニアがふいに呟き、何かを確かめるような動きで、シーツの上に手を這わせた。

「ん……う……え……？」

　少しずつ、しっかりした声になる。さまよっていた手をそっと持ちあげ、そこにあるクオンの顔を、震えながらなぞり、撫でてきた。

「……あ……あ……？」

「ニニア」

　そこで初めて、クオンはニニアが変化していると確信

した。

「ニニア！」

「う……あ……った、かい……？　ニ、ア……ニニア……？」

「そうだよ。君は、ニニアだよ」

「……うん？　君は？　……いるのは……おにい、ちゃん……？」

「ああ、僕だよ！　ニニア、ニニアっ……！」

クオンは、ニニアを抱き起こして、しっかりと腕の中に包み込んだ。

「お兄ちゃん……泣いてるの？　ニニアは……あ……っ、あ……？」

そこでニニアは、裸の肌と肌が触れ合っている感覚に、気づいたらしい。

「ニニア、お兄ちゃんに、抱かれてる？」

「――あっ」

「ううん、いや！　離さないで、お兄ちゃんっ！」

思わず離れようとしたクオンに、逆にニニアがしがみついてきた。

「止めないで。続けて。抱いてほしいの、ニニア、お兄ちゃんに……大好きな、ケインお兄ちゃんだけに、抱かれたいの……」

お願い、と顔をあげたニニアの見えないはずの目に、涙が、いっぱいに浮かんでいた。

「うん。わかったよ」

クオンは、その涙を唇でぬぐってやる。そうだ、おれはもう迷うのは止めたんだ。

「じゃあ、力を抜いてね」

「うん……お兄ちゃん……」

「何？」

「嬉しいよ」

クオンは、ニニアの額にキスをして、細い脚のきゃしゃな膝を抱えて折り曲げ、開かせた。待ちわびるようにそこはツヤツヤと蜜で光り、だがやはり緊張しているらしく、キュッと締まったり開いたりしていた。クオンはニニアの瞼《まぶた》に手を載せて、開いたままのそれを塞《ふさ》いでやる。あ、とニニアは呟いて、閉じた睫毛を震わせた。クオンは自分のものをそこにあてがい、二、三度往復させて先端に蜜を塗りつけてから、少しずつ、ニニアの中へ入っていった。

「んうっ……う……あ、入ってるっ……ん、あっ……ッ……ああ、いる、あそこに、お兄ちゃんが、ああ、っ、う……っ……」

「痛いか？」

ニニアが首を横に振ると、二つに結った髪がパタパタ揺れた。

「平、気っ、お兄ちゃんと、お兄ちゃん……っ……ああっ！」

だが実際は、痛むだろう。見えるかぎり、傷つけられた部分は一応回復はしていたが、最初に無理やり広げられたそこは、まだ、行為に慣れていないはずだ。内部は狭く、入れているクオンも少し痛むほどきつい。だが、かるい収縮を繰り返して、男を受け入れようとしているのは感じる。クオンはそっと動いてみた。中の肉は、先端に絡んで動きについてきた。はあ、とニニアが甘い息を吐いた。挿入は、苦痛ばかりでもないらしい。

「お兄ちゃん」

ニニアが、細い腕でクオンの首にしがみついてくる。クオンも、ニニアの胸に胸を重ねて、繰り返し動いて自分をたかめた。狭い中に先端を擦りつける抵抗感が心地よく、ニニアもそれを、快感と受け止めているのが嬉しい。動きを速め、入口の浅いところと奥の深いところをそれぞれ刺激してやりながら、クリトリスや、乳首にも触れてやった。ひん、とニニアは甘え啼いた声で子ウサギのようにぴくんと跳ねた。

「感じてる？」

「うん、お兄ちゃんを、感じてるよっ……」

クオンは終わりに近づいていた。揺すられながら、ニニアは泣いて、懸命《けんめい》に、クオンに訴えてきた。

「お兄ちゃん……ニニアのこと、ずっとこうして……お兄ちゃんと、ずっとひとつになりたい……お兄ちゃん……あ、あっ……ああ……お兄、ちゃんっ……ああっ……！」

「……っ……」

クオンは、ニニアの中から抜いて、細い身体の上に射精した。平らな胸から腹部にかけて、白い液体が広く散った。

「あ」

ぴゅっ、ぴゅっと何度かに分けて放たれたものが、ニニアの顔や髪にもかかった。

「ごめん……」

まだ荒い息で、クオンはそれを拭《ぬぐ》おうとする。ううん、とニニアはクオンの手を止めた。

「いいの……お兄ちゃんのものだって……感じたいから……」

ニニアはみずから、クオンの精液を裸の身体に指で伸ばした。そして、落ち着いたようにうっとりした顔で、お兄ちゃん、と何度も呟いた。

「そばにいてね。これからも、ずっとニニアと離れないでね」

「――離れないよ」

クオンは、ニニアの手を握った。君を失いそうになったとき、僕は、自分のいい加減で甘えた態度が、いかに罪深かったかを思い知った。王と王子を暗殺すれば、結果的に自分が国を救えるなんて、思いあがりもいいところだ。これからはただ、君とシーリアと、自分の大切なものを守るために戦うよ。天国のフェリアも、それを一番、望んでいるのではないかと思う……。


クオンが、ニニアを抱きしめているころ。

王宮の、エルフィーナ姫の寝室に、怪《あや》しい影がいくつか忍び込んでいた。闇の中で、影どもは素早く姫のベッドに近づくと、眠っている身体にいきなり頭から布を被《かぶ》せた。

「……！」

「早くしろ」

相手に抵抗の間も与えず、影たちは布ごとその身体を抱え上げ、淩い出して再び闇の中へ消えていった。誰もいなくなったベッドの天幕が、窓からの風にわずかに揺れた。

第六章　最後の影

あれはもう、四年も前になるだろうか。始まりは、刺客とその標的として、私《わたし》は、ヴァイス王子と出会った。

貧しい村で生まれて育ち、敏捷《びんしょう》さをかわれて「影」の訓練を受けてきた私。他《ほか》に生きていくすべもなく、ただ、組織の上に命じられるままに仕事をしてきた。多くの影と同様に、依頼主も、その目的も知らされず、忠実に、使命を果たす影。途中で死んでも、敵に捕われても、組織は、いっさい顧みることはない。彼らにすれば、一人一人の影などは、死ねば代わりを補完するだけの道具でしかないのだ。影たちもまた、定めに抗《あらが》うこともなく、運があれば生き延び、なければ死ぬ、それだけのことだと思っていた――だから、四年前、ヴァイス王子を襲って失敗したときも、私はとくに死を恐れなかった。仲間がすべて王子に返り討ちにあい、血の海の中に一人残って、王子がつかつかと近づいてきたとき、ああ、今回は私の運がなかった、ただそれだけだと思っていた。

けれど王子は、そうしなかった。代わりに、私に組織を裏切って、自分のためだけに働けと言った。

「なぜ？」

尋ねた私に、王子は片頬《かたほお》で笑って言った。

「おもしろそうだからさ」

キラリと光った、紅い右目。そのとき私は、直感した。この男こそ、私が真に仕えるべき主だ。この男のために働き、いつかこの男のために死ぬために、私は、生まれてきたのだと思った――。

「うっ」

　とつぜん、身体《からだ》を包んでいた布が剥《は》ぎ取られ、石づくりの床に身体を放り出されて、ナグロネの回想は中断した。珍しい。なぜ、昔など思い出したのだろう。長い時間、暗く狭い中に閉じ込められているうちに、思考が、過去へと向かったのだろうか。苦笑して、ナグロネはすぐに身を起こした。

「なんだ！　こいつは、エルフィーナとは別人ではないか！」

　驚き、焦っているバディゼの顔。あ然として口をあけているため、たるんだ頬の肉が下がっている。クッと、ナグロネはつい笑ってしまった。

「な……な……どういうことだ！　わたくしは、エルフィーナ姫《ひめ》を浚《さら》って来いと命じたはずだぞ！」

「も、申し訳ありません……寝室は暗く……女は、頭からベッドに潜り込んでいて……しかし、たしかにエルフィーナのベッドには、他に誰《だれ》もいなかったのですが……」

「馬鹿者《ばかもの》が！　こんな女を陛下に献上したところで、なんの意味があるというのだ！　フィールの姫で、ヴァイスめが執着しているエルフィーナを手に入れるからこそ、陛下がこのわたくしを認めてくださろうというものを」

「……よく言うわ。その計画も、自分で思いついたのでもないくせに」

　うんざりして、ナグロネはわざと大きめに息をついた。

「なにをっ」

「そうでしょう？　私、聞いていたもの。だから一足先に宮殿へ行って、姫とすり替わっておいたのよ。本物の姫は、いまごろ安全な部屋で眠っているわ」

「貴様……影だな。ヴァイス王子の」

「この程度の計画に失敗していたら、とても、あの王子は殺せやしないわよ。もっとも、ブタが脳味噌《のうみそ》をいくら捻《ひね》ってみたところで、ブタなりの結果しか出ないのは、最初からわかっていたけどね……うふふ……」

「ぐ、ぐふうっ……このわたくしを、ブ、ブ、ブタだとおっ……貴様あっ……おい！　この女を裸にして、鎖で繋《つな》げ！　犯して、犯して、犯しまくって、くたばるまで便所として使ってやるわ！」


——そして。


「ほう……」

裸にされたナグロネの身体を、バディゼはねっとりとした目つきで見た。

「痩《や》せて見えたが、それなりに女くさい身体つきをしているではないか……わたくしは、エルフィーナのようなでかい乳よりも、このくらいのちょうどいい大きさの乳に興奮するぞ……こう、全体に、ぴんとして上を向いた形がいいの……グフフ」

と、乳房に伸ばしかけた手を引っ込めて、

「いかんいかん。まず、身体に武器を隠し持っていないか、確かめねばならんな」

「……っ、……」

バディゼは、ナグロネの太腿《ふともも》の内側に指を這《は》わせると、指先をぐっと上に向けた。

「女には、ここという隠し場所があるからな……グフフ……」

「っ、うっ……」

無遠慮な指が、いきなりその部分を割って入ってくる。ナグロネは少し顔をしかめたが、ふうっと一つ息を吐いて、意識的にそこの感覚を鈍くした。何度か呼吸を繰り返し、精神を統一することで、この程度ならやりすごせる。

「グフフ……どうだ、痛いか。いや、処女膜《しょじょまく》があるでもなし、むしろ感じてくるかもしれんな？」

ズリズリと、内部の肉壁を擦《こす》られる感覚は伝わってくるが、いまはもう、それは快感でも苦痛でもない。ナグロネは、女の部分を指にかき回されながら、眉《まゆ》ひとつ動かさず、バディゼを冷たく見下ろしてやった。

「ふん。それなら、こっちはどうだ？」

鎖を引いて、バディゼはナグロネの膝《ひざ》をM字型に開いて持ちあげさせた。するとナグロネのあそこもぱっくり割れて、中まで丸見えになってしまう。前だけでなく、後ろの穴もスウッと開いて、バディゼの前に晒《さら》されてしまった。

「影の女は、肉体を武器にすることもあるからな。ここも、開発済みだろうが」

「……っ」

バディゼは、ナグロネの尻《しり》の穴に指を突き立てた。

「どうだ、やはり感じるのか？　ふん、ちゃんと乳首が勃《た》っとるじゃないか。本当は、マ×コも好きなんだろう。お前のように、必要なら誰とでもハメる女は、こうして、マ×コや尻を開いていじってもらえば、相手など誰でも良いのだろうが。うん？　違うのか？」

バディゼが指を動かすと、内部の柔らかい肉壁が、ヒリヒリと削り取られるような気がする。だが、前と後ろと二つを指で塞《ふさ》がれても、ナグロネは声もあげないまま、冷笑を頬に貼《は》りつけていた。

「ちっ……なかなか、濡《ぬ》れて来ないのう……処女でなければ、血で濡れることもないだろうし……せっかく、日頃《ひごろ》は処女のマ×コしか入れないわたくしが、犯してやろうと思っているのに」

「……フン」

ナグロネは、あからさまな軽蔑の視線を投げつけてやった。

「ブヒブヒ呻《うめ》いてんじゃないわよ、ブタ……！」

「ぐぬううっ！　また言ったたな、このわたくしを、ブ、ブタとっ……」

バディゼはこめかみをヒクつかせ、顔を真っ赤にして拳《こぶし》を握った。鼻で笑い、ナグロネは、さらにバディゼの腹の肉を突き刺す勢いで罵倒《ばとう》してやる。

「何度でも言ってやるわ。ブタ！　ブタ！　醜い能なしのブタ野郎！」

「ぐううっ……許さん！　殺す！　貴様など、便所として生かしてやるだけの価値もない。誰か、槍《やり》をもて！　何人もの男の精液を飲み込み、精液だらけでただれたこやつのマ×コに槍を突き入れて、口の中まで串刺《くしざ》しにしてやる！」

「生意気ね。串刺しで焼かれるのが役目のブタのくせに、人間を串刺しにするなんて」

殺してやると言われても、ナグロネにはなんの動揺もなかった。犯され続けて生きていくより、殺されるほうがマシだったし、エルフィーナ姫の身代わりで死ぬのも、悪い気分ではないと思った。いじめる態度をとってはいるが、ヴァイスがじつはエルフィーナを心にかけていることは、ナグロネにはよくわかっていた。クオンにとっても、エルフィーナは特別な存在であることも、そばで見ていて気づいていた。あの二人が、共に大事にしている姫を、守って死んでいくのなら、本来、使い捨ての影である自分にすれば、幸運な死といえるだろう……贅沢《ぜいたく》をいえば、クオンさんか、殿下のどちらかに、抱いてもらってからが良かったけれど……。

「――ほほう……ワシに見せたいものとは、これか……？」

そのとき、バディゼの背後から、ずっしりと響く太い声が聞こえた。

「あわわわわっ！」

バディゼは重たげな身体のくせに、そのときだけはぴょんと勢いよく飛びあがった。

「へ、陛下っ！……」

ナグロネは、きっと顔をあげて声の主を見た。そこに、堂々たる体躯《たいく》と鈍い紅色の右目を持った、圧倒的な存在感の男がいた。いるだけで、男の放つ空気に威圧され、ナグロネの肌がザワザワと粟立《あわだ》つ。だがナグロネも、その顔を見るのは初めてではなかった。たしかにそれは、ヴァルドランドの国王、バンディオス一世に違いなかった。

「も、も、申し訳もございませぬ……こ、これは、エルフィーナ姫を献上の予定が、て、手違いで……どうか、どうかご容赦をっ……」

　バディゼはぶるぶる震えながら床に手をついて頭をさげた。些細《ささい》なミスでも、その場で臣下を斬《き》り殺すことをためらわぬと言われる王を前にして、本気で怯《おび》えているらしい。額に、脂汗《あぶらあせ》が浮いていた。

「構わぬ。ワシもこの場へ来たのは忍びじゃ。本隊は何しろ大部隊ゆえ、国境へ着くにはあと数日は時間がかかる。はやる血気を抑《おさ》えきれずにいたところへ、お前が何かおもしろい趣向を用意していると聞いてな。まさかお前も、このワシが、すでにここまで来ておるとは、夢にも思わなかっただろうよ……はっはっはっ……」

「は、ははあっ……」

　バディゼは丸い体をなお丸くして、床に額を擦《す》り付けた。ナグロネは、王の言葉と自分が馬車に乗せられていた時間から、ここはフィールの国境近い、郊外の屋敷の地下室らしい、と判断した。王がもう、ここまで迫って来ていたとは……ヴァイス王子は、知っているだろうか。

「――で、この女は誰だ？　なぜこれが、エルフィーナの代わりにここにいる？」

「はっ、それはその……」

　バディゼは、脂汗を拭《ぬぐ》いながらもぞもぞといきさつを説明した。

「そうか。これは、あやつが好んで使う影か……フフフ……なるほど。なかなかに、良い面構えじゃ。きつい目がいい……よくわかるぞ。あれでやつは、自分に負けぬ、気丈なところのある女に惹《ひ》かれるからな」

「……」

ナグロネは頭を振って、顎《あご》をつかむバンディオス王の手を払った。ククク、と王は愉快そうに笑った。

「そしてワシは、あやつが大事にしているものは、必ず奪うことにしておる」

待っておれ、とバンディオスは笑いながらナグロネに言い、配下に何かを取って来るよう命じた。

「……殺せ」

ナグロネは、バディゼと同じ畜生《ちくしょう》の類《たぐい》として王を見た。

「さもなくば、私が貴様を殺す」

「ほう、そうか……クッ……クハハハハ！　こいつはいい！　楽しめそうじゃ」

「フン。私を犯すなら、犯すがいい。貴様の粗末《そまつ》なものなど、食いちぎってやる」

ほお、とバンディオスはさらに上機嫌に唇を吊《つ》り上げた。

「たしかに、貴様の下の口なら、牙《きば》が生《は》えておるかもしれんのう……ククク……」

「あはは……ああ、いやはや、この程度の女ではございますが、陛下のお気に召《め》していただきますれば、献上したわたくしといたしましても、一安心と申しますか、献上の甲斐《かい》があったと申しますか……」

バディゼが汗を拭《ふ》きながら、後ろで王にへつらおうとした。

「まだいたのか、貴様」

王はとたんに不機嫌な顔になり、紅い目でぎろりとバディゼを睨《にら》んだ。

「手違いで姫を逃しておいて、ワシに恩《おん》でも売るつもりか」

ひいいっ、とバディゼはすくみあがって、

「も、もも申し訳ございませんでした。で、ではわたくしは、これにて退散いたしますので、王は、ごゆるりとお楽しみくださいませっ……次こそは、ヴァイスアードめの首を持ち、王に献上いたしますゆえ……」

「あやつの首を？　貴様がか？」

王は曖昧《あいまい》に唇を歪《ゆが》めた。

「は、はいっ！　必ずや、仕留めてみせまする！」

バディゼは平身低頭しながら後ずさりで地下室を去っていった。のちにこの男は「臣下の分際で王の息子を仕留められると思った傲慢《ごうまん》」の罪により、その身を二つに切り裂かれ、王に処罰されることになる。だがもちろん、いまのナグロネがそれを知るはずもなければ、ブタに興味を持つこともなかった。ナグロネの目は、バディゼと入れ替わりに戻ってきた王の配下の者が、引きずってきた物に集中していた。

それは、子供の背丈ほどもある、不気味な筒状《つつじょう》の容器だった。

「ふふふ……これは本来、ワシがフィールに入国してから、エルフィーナが気に入らなければ使おうと思っていたものだが……」

やれ、と王に顎で命じられ、配下の者は、目を逸《そ》らしながら逃げ腰で、容器を前に押し倒した。

どちゃ、と妙に濡れた音がして、容器の中身が床に零《こぼ》れる。

――あ、あれは……。

目にした瞬間、さすがのナグロネも凍り付き、自分の顔が青ざめるのを感じた。

「知っておるか？　これが『シルエイラ』だ」

シルエイラ……！

ナグロネも、その生き物の名前と性質を知ってはいたが、実物を見るのは初めてだった。

それは一見、巨大な蚯蚓《みみず》が寄り集まっているようにも見える。実際に、そこには何匹ものそれがいるのだろうが、見た限りはむしろ、十数本もの触手を持つ一匹に近かった。手も足もない、女の手首ほどの太さの筒状の体は、ヌラヌラとした体液で表面が覆われ、重なりあって蠢《うごめ》くたびに、ぐちゅ、じゅるっと音をたてている。色はくすんだ血のような紫、筒状の一端が剥《む》かれて開いた部分は柘榴《ざくろ》の赤だ。ちょうど、紫の皮がめくれて中から粘膜が覗《のぞ》いているような先端は、皮と肉の境に細かな突起を幾つも生やし、赤い部分の先端からは、さらに三本の細長い触覚のようなものが伸びて震えている。触覚の先端は細く尖《とが》って、体液の雫《しずく》を丸く垂《た》らしながら、それぞれ違う方を向いて動いていた。

見ただけで、その醜さと淫靡《いんび》さに、ナグロネはウッと吐き気がした。

「シルエイラとは、古い言葉で『春を呼ぶ女神』という意味じゃ。なぜこれがそのように呼ばれるかは、お前も知っているようだな？」

「……」

シルエイラは、およそ人でも獣《けもの》でも、腹から子を産む生き物とみればすべて捕獲《ほかく》し、その生き物の穴という穴に入り込み、触角の根もとにある生殖口から発した子種を、生き物の子宮に植えつける。植えつけられた子種は母体内で幼生体となり、母体がつねに発情するよう分泌《ぶんぴつ》を促し、それに釣《つ》られて集まった雄《おす》が注ぎ込む精液を餌《えさ》として成長する。つまり、シルエイラの子種を宿した女は、つねに男の精液を欲しがる淫乱となり、幼生体が一定の大きさに成長して、母体を食い破って外に出るまで、男と交わり続けなければならないのだ。その、女を淫《みだ》らにする性質から『春を呼ぶ女神』の名があるのだが……。

「――それを、私に……」

思わず漏らした、声が震えた。

「さあ、どうかな？　そやつらが、お前を気に入ればの話だが……」

言っている間に、シルエイラは身をくねらせながら、ナグロネの足下に近づいてくる。

「ひっ……！」

「そうだ、そいつは女の汗や、愛液の匂《にお》いに敏感だぞ」

「うあっ……！」

シルエイラの先端がナグロネに触れた。ナグロネは足を引こうとしたが、背後は壁、体は鉄の鎖に繋がれ、逃げることはできない。ぬるりとした冷たい感触が、獲物《えもの》の感触を確かめるように、ナグロネの肌をつついてくる。一匹がナグロネを見つけると、残りもそれに促されたように、ナグロネに触手の先を向けてきた。

「い、やっ……！」

ナグロネは、初めて弱々しい悲鳴をあげた。バディゼのようなブタ野郎が相手でも、相手がこちらの拒否や軽蔑を理解するなら、何をされても、自分は負けない。だがシルエイラは、下等な本能のみに従って、ナグロネに子種を植えようとするのだ。あの触手を、ナグロネのあそこに入れて、子種をたっぷりと含んだ液体を、ナグロネの奥深くに注入して。

「いやあっ！　ああっ……いや、いやああっ！」

ナグロネが高く絶叫するのと、触手たちが、一斉にナグロネの全身に絡み、貼り付いたのが同時だった。

「あうう……いや……いやあっ……」

触手たちは、するすると長い体を伸ばし、乳房にも、腕にも腰にも太腿にも、ヌラヌラした体液を擦りつけながら這い回った。そうして、少しずつ、ナグロネを縛りあげるように深く巻き付き、蠢きながら食い込んでいく。

「うっ……いやっ……」

シルエイラがぐるりとナグロネの乳房の根もとを巻いて、きつく食い込んで絞りあげた。

「ひっ！」

歪められて、張りつめた三角形に飛び出した乳房の先に、さらに、先端から三つ又に分かれた触覚が細く絡んでくる。

「ああ……っ……」

ジリジリと動きながら乳首に向けて触覚が先を伸ばしていくと、ナグロネの胸も、じいんと痺《しび》れながら乳首に感覚が集まっていく。人間には、こんな異常な触れ方で乳房を揉《も》みしだくことはできない。乳房をじっくりと検分され、快楽のツボを一つ一つ刺激され、乳首だけを焦《じ》らされているような……ああ、いやだ。なぜ私が、こんな生き物に嬲《なぶ》られて、焦らされているように思うのか？

「フフフ、どうだ？　じつはシルエイラの体液は、最も強力な媚薬《びやく》でもあるのだ。酒に薄めて一口飲めば、処女もたちまち淫婦《いんぷ》に変わる。まして、身体中の皮膚《ひふ》や粘膜から原液をたっぷりと染み込ませれば……狂うほど、気持ちよかろうな……クハハハハ……！」

王は残酷な高笑いでナグロネを見下ろした。シルエイラの恐怖と、この姿を憎い王に見られているという屈辱で、ナグロネの全身が熱くなった。

「あ、うっ……」

しかしシルエイラはただ本能のまま、ひたすらナグロネの身体に絡み、いやらしい体液を擦りつけながら、ナグロネの身体を探っている。

「うっ……あはあ……」

触覚の先が、乳首にも根もとから絡みついて絞り、ピンと張った頂上のわずかなへこみに、トロトロと体液の雫を垂らした。侵入する穴はないかとまさぐるように、微妙にザラついた先端が、乳首に体液をよく塗りつける。たまらなかった。二つの乳房が、見る見る膨らんでいくような快感が、ナグロネの理性を押しつぶし、ナグロネは、もっと、とかるく背中を反《そ》らして、乳房を突き出してねだりそうになる。

「クククク……そやつらは、下等なりに生殖に関する行動は律儀での。種付け前から、より強くメスを発情させ、餌を呼び込む準備をするのじゃ……女の側にしてみれば、この上なく優《やさ》しく、じっくりと、快楽に溺《おぼ》れさせてくれる素晴らしい生き物というわけじゃな……ククク……そろそろ、シルエイラが見つけるぞ？　お前の身体で、一番強く、淫らに開いているところをな……」

「ああ……う、ああッ！」

触手の一つが、うねりながらナグロネの股間《こかん》めがけて進んでいく。腹をすべって、割れ目にみずからの身体を挟んで開かせ、細い触覚を奥へ伸ばした。

「くはあっ！　ひいいッ……ん、いやっ……ん、あんッ……」

ナグロネは、閉じることのできない膝を揺すって、肩を動かし、懸命《けんめい》に、絡みつくシルエイラを払おうとした。あまりにも強く、容赦なく与えられる快楽に、ナグロネは、早くも限界が近づいていた。もとから、ナグロネは性的に感じやすく、素直に欲望を解放することを好んでいた。それがいま、全身に強烈な媚薬を塗られ、女の最も敏感なところを、チリチリと刺激されている。三本の細い触覚が、うち二本でナグロネの割れ目を丁寧に開き、一本がクリトリスに当たるのを感じた。その芯《しん》の部分と、包皮のわずかな間に、触覚の先端が差し込まれ、強い催淫《さいいん》効果のある体液が注入されていく。

「ひいいっ……ひいっ……！」

芯と包皮の間に挟まった触覚が動くだけで、狂いそうなほど感じるのに、さらに媚薬を塗り込められては、ナグロネはもう、耐えられなかった。あはあ、と陥落した息をひとつ吐き、とつぜん、ナグロネはダラダラと放尿《ほうにょう》した。

「ああ……いやあ……見ないで……見ないでえっ……」

叫んでも、出始めた尿は止めることができず、ジョロジョロと音をたてて流れていく。

「ほほう。失禁するほど感じているのか。さっきまでの、生意気な態度はどうしたのだ？」

「うう……あ……ああっ！　いや！」

　シルエイラが、ナグロネの放った尿に群がって、生殖口からそれを吸い込んでいた。ジュルル、ジュルルルッとむさぼるような音をたてて吸うと、粘膜の先端が、幾分膨れて太くなった。そうして、零れたものをすべて吸い取ると、同じものを求めてナグロネの尿の出口にも吸い付き、触覚をじりじりと差し込んで、さらに放尿を促そうとした。

「いやぁあ……止《や》めて……許して、え……っ……」

　尿道への刺激で、ナグロネは再び強烈な尿意を催し、一度出し終えたはずなのに、また長い失禁をしてしまう。ああ、と消え入りそうな声をあげながら、しかし、ナグロネはいつの間にか、そこにも快楽を感じていた。身体に塗られた媚薬が効《き》いているのかもしれない。排泄《はいせつ》を下等な生き物に支配され、さらにそれを、憎いバンディオスに見られているという強い屈辱、敗北感が、逆に、もうこれで、理性など保つ意味はない、ただ与えられる快楽に身を委ねればいいという、解放感に繋がっていた。

「あふっ……う！　……」

　そう思ったとたん、ナグロネは、いきなり深く達してしまった。ビクン、ビクンと自然に腰が前後に震え、開いたままのあの部分から、断続的に蜜《みつ》が吐かれる。ああ。こんな気味の悪いシルエイラなんかに、私は気持ちよくされてイッてしまった。本当に、ダメな淫乱女だわ……ごめんなさい……だけど、気持ちがいいの……。

「ふん、イッたようだな」

バンディオスは、まだ触覚に絡まれながら、ひくついているナグロネのそこを見下ろした。

「これだけ発情する淫乱なメスなら、シルエイラの子種もよく孕《はら》むじゃろう。楽しみだの……やがてお前の、なめらかな腹が青白くなるほどいっぱいに膨らみ、薄い皮膚の下で蠢く幼生体が透けて見える。重い腹を抱えて、なお男の精を欲しがるお前……やがてその腹を食い破り、中から無数の小さなシルエイラが弾《はじ》け出るのだ……ククク、クハハハハ！」

「はう」

もうナグロネには、バンディオスの言葉も遠い呼び声のように聞こえるだけだった。いまはただ、いまだ満たされない身体の中を、早く快感で塞いでほしい、前だけではなく後ろの穴も、いっぱいに、広げて入れてほしい……それ以外は、何も考えられなくなっていた。

「ほう……いよいよ、シルエイラが子種の植え付けを始めるぞ」

クリトリスを刺激している触手とは別の、触手の中でも太い一本が、うねうねとナグロネの入口へ向かった。触覚の根もとの生殖口からは、早くも、半透明の白い液体がタラタラと溢《あふ》れて、赤い粘膜の部分に溜《た》まっていた。

「あ、う……いや……」

ナグロネは、弱々しく呟《つぶや》いて首を振る。鎌首を持ち上げた醜いシルエイラを見ると、やはり、それに犯されるのが悲しくなる。だが、もう、挿入《そうにゅう》でさらに強い快感を得なくては、自分が狂うこともわかっていた。

「ああ……はあっ！　……はあ……」

触覚が、ナグロネの入口を微妙に広げつつ、太い本体が奥へ入ってくる。いくつもの突起が、入口から奥までをつついて擦り、内部にも、たっぷりと媚薬を塗り込んできた。

「いやあっ……ああ……」

ずるずると、回転しながらシルエイラの頭部が前後に動くと、突起と、触覚がナグロネの内部で絡み合い、凹凸《おうとつ》のある張り型を入れられているように、肉の壁を熱く刺激する。

「あああ……だめえ……！」

最初の一本の挿入が合図ででもあったかのように、シルエイラは、次々にナグロネの内部へ侵入した。太い触手と肉襞《にくひだ》の間に押し込むようにしてもう一本、すぐ下のアヌスめがけてさらに一本……そして、

「んはあっ……う……ん、ぐっ……んむッ、んうッ！　……ン……」

「ハハハ、下の穴にあぶれたやつが口へ行ったか！　いいぞ、胃袋にも子種を飲み込ませてやれ」

「んうう……っ……」

ナグロネの口の中いっぱいに、触手のヌラヌラとした感触がある。さすがに目の前でうねるそれを見ることはできずに、ナグロネはきつく目を閉じた。細い触覚が舌に絡んで、そこにも、媚薬を塗りつけてくる。それは少しばかり苦《にが》かったが、吐き出すほどの味ではなかった。舌の表面から、強い酒のように喉《のど》を熱くして、胸に、身体の奥に広がっていく。

「んうっ……」

ナグロネはうっとりして表情を緩めた。口の中で、舌にネットリと絡みながら、少しずつ、シルエイラが媚薬を吐き出してくる。それを飲むと、あそことお尻の穴に入れられる

快感で、身体が浮き上がるように思えた。身体の中を、上から下まで貫かれて、内側から愛撫《あいぶ》されているような……ちょうど子宮にあたるところが、その中心となって熱くなり、子宮口が開いていくような……。

「んふう……ん、んうっ……んん……」

シルエイラの、乳房や手足への締めつけがきつくなってきた。メスが動けないように身体を固定し、子種を吐き出すに違いない。突起のある本体がうねりながら回り、ナグロネの中で膨らむのを感じる。

「んう……」

ナグロネの瞳《ひとみ》に、涙が浮いた。これでもう、私は二度と、まともな女には戻れないのだ。腹を食い破られて化け物を産む、そのために男と交わる肉穴。

「んんっ！　うう……ん、う……んッ……」

口と、あそこと、尻を犯しているシルエイラが、一斉に、ドロリと生あたたかい液体を吐いた。吐き出すにも、それはすでに喉を通り過ぎ、身体の中へ落ちていってしまった。いくらか、舌の上に残ったぶんに、ザラついた粒のようなものを感じた。ああ、これが……シルエイラの子種なのね……同じものが、いま、私のあそこから、子宮にもいっぱいに溢れているのね。お尻からも、中に注がれて……全身に、シルエイラの子種が……。

「ううっ……うう……」

泣きながら、しかしナグロネはまた達していた。乳首を固くし、上と下の口でシルエイラを締めつけて、何度も、連続して絶頂を繰り返した。

種付けを見て、王は満足して引き上げていった。本隊と共に、フィールへ正面から乗り込んでくるのは、もう少し、先のことになるらしかった。

その後ナグロネは、ヴァルドランドの兵士達が詰めている館へ連れ出され、無償の性欲処理用具として、何人に、何度かもわからないほど犯された。たぶん何か蔑《さげす》みの言葉を投げられたり、殴られたりもしたのだろうが、男のものをあそこに入れられ、中で射精《だ》される感覚以外、ナグロネは何も覚えていない。

「ふぅ……いい加減、この女、淫乱すぎて疲れてきたぜ」

「まったくだ。絞り取られて、アレの先が細くなっちまった気がしてくる」

兵士達はため息と共に一人減り、二人減って最後には数人しかいなくなった。そのうちの一人が、ナグロネを繋ぐ鎖の鍵《かぎ》を腰に下げている。顔つきや、雰囲気からしても、男たちは何度も射精して疲労し、緊張が低下しているのは明らかだった。

「お願い……もう一度、しゃぶらせてっ……」

ナグロネはその男ににじり寄り、腰に縋る振りをしてそっと鍵を奪った。

「おおっ！　しまった、こいつっ……！」

男が気づいて、襲いかかるより早く、ナグロネは、鍵で手足の枷《かせ》から逃れていた。

「フン……バカ！」

斬りかかる兵士を、別の兵士を盾《たて》にしてかわし、倒された兵士の剣を奪って、残りの兵士達も片づける。手足さえ自由に動くなら、いまのなまった男たちなど、まるでナグロネの敵ではなかった。駆け付けた他の兵士達も、ナグロネはなんなくかわし、地下室から、外へと逃げ出した。逃げてみると、そこがフィラン湖の中心から離れた、小高い丘の上とわかった。あたりはすでに夕暮れで、眼下のエルイン湖の水が、夕日を受けて光っていた。だが、いまが最初に捕らわれた日の翌日なのか、数日後の夕方なのかはわからなかった。閉じ込められて、ずっと犯されていたために、時間の感覚が曖昧になっているらしかった。

でも、それほどの時間は過ぎてはいまい。

いまは、とにかく急がなければ。

道端の麻布を巻いて身につけ、ナグロネは城へ向けて走り出した。どうにも、嫌な予感がした。バディゼが、必ず王子を仕留めると、王に言い切っていたからだ。


途中、シルエイラに子種を仕込まれた身体が何度も疼《うず》き、無意味に火照《ほて》って苦しくなったが、夜になり月がのぼるころには、ナグロネは城へ帰り着いた。

城は大騒ぎになっていた。ヴァイス王子が、亡きクオン王子を思って祈りを捧げている最中に、刺客の毒に倒れたのである。

「敵は、王子のこの日の予定を知って、あらかじめ祭壇《さいだん》の中に潜んでいたようです」

「だが、滅多な者は城の中には侵入できない。内部で手を引いた者がいるのか……」

「ナスタース！　てめえが警護していながらなんだ！　王子にもしものことがあったら、おれは、てめえをぶち殺すからな！」

「ハーデンひとりには殺させないよ。まずボクが、このレイピアで串刺しにしてやる」

「お前たちの手を借りる必要はない。殿下に万一のことがあったら――」

さまざまな声が行き交うのを、物陰《ものかげ》で、ナグロネはぼんやりと聞いていた。

――すると、ヴァイス王子は……まだ、生きているのね。

よかった、と、ナグロネは胸を撫《な》で下ろした。それならば、王子のために死ぬ機会は、まだ、自分には残されているのだ。肝心なときに王子を守れなかった自分を責め、怒る気持ちは、強すぎて、逆に言葉にすることができない。自分に罰を与えるのは、王子を無事に助けてからだ。

とはいえ、医師でもない自分に何が出来るのか……。

そのとき、自分のすぐそばを、エルフィーナ姫が通り抜けた。悲しげ――というよりも、うつろな、どこか疲れた顔で、ひとり、ふらふらと自室へ向かって歩いている。様子がおかしい。ナグロネは外から出窓の桟《さん》をつたって、エルフィーナの部屋へ先回りした。

エルフィーナは、後ろ手に部屋のドアを閉め、おぼつかない足取りのままゆっくりと、テラスへ向かって歩いてくる。

まさか――。

「何をするつもりなの。エルフィーナ姫」

テラスから、眼下の崖《がけ》と深い湖を見下ろしているエルフィーナに、ナグロネは、思わず進み出て声をかけた。エルフィーナが、ゆっくりと振り向いて、きれいな蒼《あお》い瞳でナグロネを見た。

「あなたは……誰？」

そうだ。あなたが、この姿の私を知らないのも無理はない。

「私は、影。ヴァイスアード殿下の影として、殿下のために働く女」

「……」

「これまでの、あなたと殿下と……もう一人の男のことは、ずっと陰から見てきたわ」

「もう一人の男？」

「わかっているでしょう」

クオンのことは、エルフィーナも意識しているはずだ。とくに返事はなかったが、それがクオンであることは、姫にもわかるに違いない。

が、それはいまはどうでもいいことだ。

「ところで、何をするつもり？　まさか、殿下の状態も定まらないうちから、あとを追って身投げでもする気なの」

「……あとを追って、ではありませんが」

「ではどうして？」

「それは……」

問われるまま、エルフィーナは細い声で話した。

――わたくしは、国を侵され、両親を亡くし、純潔も奪われてしまいました。その上、バンディオス王が来れば街は破壊され、終わりだと知らされ……平和を願うことをヴァイス王子に笑われ、大事な婚約者との思い出も、つまらないもののように言われました。

こんなに辛いことばかりなら、いっそ心など捨てれば良いと、ヴァイス王子に奉仕して、王子の望むままに身体を与えることだけを、生きている意味にしようとしました。

「けれど、王子は毒に倒れ……王子に奉仕する人生さえも、いつあっけなく終わるかわからないのだと知らされて……」

エルフィーナは、もう一度目を伏せた。いま蒼い目にうつっているのは、恐らくは、同じ蒼い色のエルイン湖だけだ。

「わたくしはもう、生きる支えを探し続けることに、疲れたのです……」

我が身を憂《うれ》うエルフィーナの横顔は美しかった。けれど、ナグロネはそんなエルフィーナに苛立《いらだ》ちを覚えた。ヴァイスが、クオンが大事にしている姫でなければ、横面を叩《たた》いてやるところだが、いまは、それはしないでおくことにする。

「ふうーん」

叩く代わりに、思い切り、呆《あき》れた声で冷笑してやる。

「だから死ぬって？　あなた本気で、自分には、何も残ってないと思ってるの？」

「何が残っているというのです」

エルフィーナが少しムッとした顔をする。憂い顔よりもその顔のほうが、エルフィーナに似合うとナグロネは思った。気丈そうな反面、あどけなく可愛《かわい》い。ヴァイス王子もこの顔が見たくて、姫を構っていたのではないだろうか。

「見なさいよ」

ふっと息をつき、ナグロネは、エルフィーナにもう一度外を見させた。目を伏せれば、湖の蒼しか見えないが、前を向けば、そこに湖畔《こはん》の街並みと、道行く人や馬の姿も見える。

「私は、影の役目としてあの街へ出て、人々の暮らしにじかに触れたわ。フィールの女たちは、たしかに辛い思いをしていたけれど、まだ、絶望してはいなかった。それは、あなたが生きているからよ。エルフィーナ姫」

シーリアが、エルフィーナの名を口にして、もう一度希望を持とうとしたことを、ナグロネは見て知っていた。

「でも……わたくしには、民に恨《うら》まれることはあっても、応《こた》えるような力は何も……」

「なぜそう決めるの？　あなたは、まだ何もしていないのに」

ナグロネはつよく畳みかけた。

「たしかに、あなたは辛かったと思う。だけど、私が見たかぎり、結局あなたは、泣いたり、ふさぎ込んだり、自棄《やけ》になったりしただけで、なんの抵抗もしていない……一度も、本気で戦おうとしなかったわ。ただずっと、何かに頼ろうとしていただけ。違う？」

エルフィーナは、はっとまっすぐにナグロネを見た。エルフィーナの中にも少しずつ、同じ思いが積もっていたに違いない。あるいはいま、自分が言ったのと同じことを、別の誰かにも言われたことがあるのだろうか？

そうかもしれない。あの銀髪の片目の男が、いかにもエルフィーナに言いそうだ。

「私は、あなたはたとえ力がなくても、誰も助けてくれなくても、戦わなければいけないと思う。だって、あなたはフィールの公女なんだもの。あなたに流れる王家の血が、あなたの民を守って戦うことを、命じるはずよ」

「王家の……血……」

繰り返し、エルフィーナはそっと胸の上で手を握った。

「そうよ。そしてそれは、ヴァイス王子の中にも流れている血……」

同じ王族という意味だけでなく、実際に、古くから姻戚《いんせき》関係にあるフィール王家とヴァルドランド王家には、遠く同じ血が流れている。当然だが、貧しい出のナグロネには無縁のものだ。ナグロネは、少しだけそんなエルフィーナが羨《うらや》ましかった。身分上、許されないことではあるが、ヴァイスを想《おも》うと、いつもナグロネは胸がせつない。

ふと、エルフィーナがやけに優しげな目で、自分を見ているのに気がついた。ああ、もうこの姫は大丈夫だと思ったが、同時に胸の中を見透かされたようで、ナグロネは居心地が悪くなった。

と、ちょうどそこへ誰かが廊下を走り、近づいてくる足音がした。

「じゃあね、エルフィーナ姫。あなたの、勝利を祈ってる。私も、最後まで王子の影として、王子に命を捧げるわ」

ナグロネはさっとテラスからテラスへ飛んで、エルフィーナをその場に残して去った。

「う……」

一人になったとたんにまた、身体が熱く疼いてきた。


「――お前か」

「はい。申し訳……ありません」

ベッドに横たわるヴァイスに、ナグロネはひざまずき、深く頭を下げた。いい、とヴァイスはナグロネに顔をあげるよう命じる。

「不覚だったな。だが、とりあえずいますぐは死なないらしい」

ナグロネは首を横に振った。

「だがこの件で……覚悟が決まった」

無表情のまま天井を見る、ヴァイスの紅い右目がわずかに光った。

ナグロネは、それには何も答えずに、すっとヴァイスの足下へ回った。身体を包むシーツを巻き上げ、ヴァイスの服の裾《すそ》をめくった。すぐに股間の、ヴァイスのものがナグロネの目に入る。男らしい、太く長いそれを見ただけで、身体の芯が痛いほど疼き、あの部分が、トロトロと蜜を零して濡れた。上目づかいに見上げると、ヴァイスは少し困り顔で笑っていた。

「そういえば、お前とするのも久々だな」

「でも……大丈夫でしょうか？」

「溜めてるほうが、身体に悪い」

「それでは……私が、吸い出して差し上げます……何もかも……」

愛《いと》おしく、ナグロネはヴァイスのものを握って、舌先でかるく先端を舐《な》め、唾液《だえき》で濡らして口に含んだ。

ジュブッ……チュ、チュルッ……。

男の感触、匂い、味、刺激に応じて固くなっていく反応が、ナグロネをひどく興奮させ、唇から唾液を溢れさせた。

「んんッ……ん……」

ヴァイスは、ナグロネの頭に手を伸ばし、子犬を撫でるように髪を撫でる。ナグロネは、頬を熱くして、舌を使い、根もとから先端までをしゃぶりながら唇を持ち上げた。すると、ヴァイスの膨らんだ先端から、少しずつ、苦いものが滲《にじ》んできた。喜んで、ナグロネはそれを自分の舌に載せ、喉へ送って飲み込んだ。もっと、もっとと催促しながら、涎《よだれ》を啜《すす》り、顎を動かす。

「激しいな」

からかうように、ヴァイスが言う。

「殿下に、気持ち良くなってもらいたいですから」

――それに、私が殿下にご奉仕できるのは、これが最後かもしれませんから。

「ウッ」

「大丈夫か？」

涙を浮かべ、喉をつまらせたナグロネを、ヴァイスが首を持ちあげて見下ろした。

「ん、すみません……大丈夫、ですっ……んんッ……」

泣きながら、なおも激しく、ナグロネはヴァイスのものをしゃぶり続けた。


その夜、ナグロネは何度も何度も、ヴァイス王子に抱かれて達した。口の中で、あるいはあそこで王子の精液を受け入れるたび、身体に植えられたシルエイラの子種が、震えて動くように錯覚した（実際には、子種はそれほど急激には成長しないらしい）。

でも、もうそれは、どうでもいい。こうなったことで、逆にかえって、自分の先がすっきりと見えてきたように、ナグロネは思う。

眠るヴァイスを寝室に残して、朝方、ナグロネは自分の部屋へ戻った。窓のない、独房のような重い扉があるきりの部屋。髪の中から鍵を取り出し、鉄の錠前《じょうまえ》を開けて中へ入った。

部屋の隅《すみ》には、着慣れた黒の鎧《よろい》が置かれている。

ナグロネは、決意を秘めてそれを身につけた。

あとどれくらい、こうしていられるのかはわからないが――たぶん、自分は間に合うだろう。ヴァイス王子のために生き、王子のために死にたいという、自分の願いは叶《かな》うだろう。

黒の鎧が身を覆うにつれ、ナグロネは別の名を持つ者へと変貌《へんぼう》する。別の人間――ズゥという名をまとった、ヴァイスの私設衛兵へと。

最後に、唯一露《あら》わになっていた顔に、堅い仮面を装着する。

そこで、ナグロネとしての彼女は消えた。以後二度と、ズゥが仮面と鎧を外した姿を、誰かに見せることはなかった。


ヴァイスアード・アル・バーシルが、父バンディオス王に反旗を翻《ひるがえ》すと宣言したのは、その二日後の朝だった。

バディゼほか、本国から来た大臣の多くは、この宣言に驚き、額に血管を浮かせて怒り、早々に城から去っていった。

残ったのは、ヴァイスの意志に共鳴し、生死も共にとする者たち——ハーデン、ラッセ、ズゥの三人。ナスタース率いる黒騎士団《くろきしだん》。ヴァイスを慕《した》う、主に歳若《としわか》い兵士達。

そして。

「物好きなやつらだ」

と、笑ってヴァイスが見渡す中に、エルフィーナとクオンの姿もあった。

第七章　運命を一つに

夜の風に、わずかに煙の匂《にお》いが混じっている。バンディオス王の陣《じん》が灯《とも》す夜営の火が、風にのって流れてくるのだろうか。遠く見える、ほんのりと明るいあの丘のあたりに、王の率いる大部隊がいるのだ。朝になれば、いよいよ戦いが始まる。

――フェリア。

クオンは、月に白く照らされた墓標に胸で語りかけた。そこに、三年前に亡くなった、彼の妻だった女性が眠っている。

僕は明日、ヴァルドランドの王、バンディオスと戦う。味方は少なく、敵は、二千を超えるヴァルドランドの精鋭揃《ぞろ》いだ。普通に戦えば勝ち目はないと、僕らの将であるヴァイスが言った。そう……僕は、君のために復讐《ふくしゅう》し、殺すと誓っていた男と、明日は、共に戦うんだ。

君の……僕の妹たちを、守るために。

だから、なんとしても僕は、勝たなければならない。そのためにフェリア、ケインとして君と結婚したときに封じた過去を、僕はもう一度、呼び起こそうと思う。

クオンは、ふっと手にした剣を振りあげ、まだ新しい墓標の前に、勢いをつけて、ざくりと刺した。

「フェリア……ごめん」

剣の先で、クオンは墓の土を掘り返し始めた。

同じころ。

ヴァイス王子も、フィラン城のテラスに一人立ち、遠い丘の夜営の火を眺めていた。

親父《おやじ》は、きっと来る。ルージアは、おれの言葉を伝えるために、あえて城に残らず、やつのところへ行った。

フィラン城の玉座にて待つ、と——おれから挑まれて、やつが、応じないはずがない。

それは、圧倒的な数の不利を乗り越えるために、ヴァイスが編み出した作戦だった。

王の軍との、主な戦場は、フィランの街を出た平原だ。黒騎士団《くろきしだん》と、有志の兵は、そこから少しずつ、戦っては退き、戦っては退きを繰り返し、この城へ、王の軍勢を引き寄せる。城は岬の先端にあるから、軍勢が近づけば近づくほど、戦場は狭まり、大軍は縦に連なって、一度に対峙《たいじ》する数は少なくなる。これは、数の不利を解消するだけでなく、兵や騎士を無闇《むやみ》に死なせることのないよう、考えられた知恵でもあった。そして、ここで互角の戦いが長引けば、王は必ず、先頭に立って城へ入ってくる。父として、王としての誇りをかけて、息子である自分を倒すために。

——あの女は、王と共にやってくるのだろうか。

ヴァイスは、義母であるある黒髪に黒衣の王妃の姿を思い浮かべた。おれが最初に、父である王の仕打ちを恨《うら》み、あの男が、おれを息子ではなく自分の権威への対抗者として意識していると知ったのも、あの女《ひと》——マーナを、やつがおれから奪った時だった……。

しかしいまは、彼女より、王を倒すことを考えなければ。恐らくは、自らの命と引き替えに、伝言役を果たすであろうルージアのためにも。

ヴァイスは少し眉《まゆ》を寄せた。大臣として、侍従としてずっとヴァイスに忠誠を誓ってきたルージアが、一太刀《ひとたち》なりと王に浴びせて、散る覚悟でいたことはわかっていた。

覚悟しているのは、ルージアだけではない。

王を城へおびき寄せることに成功しても、やはり、多勢に無勢であることに変わりはない。また、その先自軍に逃げ道はなく、持久戦となれば大いに不利だ。さらに、王の手には聖剣ワーディーラアがある。ヴァルドランドに伝わる二ふりの宝剣のうちの一つで、普通の剣とは、威力に格段の違いがある。

それでも、おれ達は勝利するのだ。だから――。

「ふ……」

ヴァイスは、ひとりで笑みを浮かべた。勝利のための秘策の鍵《かぎ》は、あの一見、気弱そうな公女が握っている。

エルフィーナは、いまごろどうしているだろう？

明日を思って、怯《おび》えて眠れずにいるだろうか。それとも、武者震いしているだろうか？

おどおどしていたお姫様《ひめさま》が、今日、皆と戦略を話し合った会議の場では、みずから戦いの助けを申し出る、気丈な姫君に変わっていた。

いつの間に、何があったのかは知らないが……。

「よし」

せっかくだ。最後の夜を、エルフィーナとたっぷり楽しむとするか。

ヴァイスはマントをひるがえした。

「――っ？」

ふいに、未来を見る右目がチリチリと熱くなり、ヴァイスは手のひらで目を覆った。

赤い世界に、剣を持つ男の姿が浮かんでいた。


クオンは土を掘り返しながら、同時に記憶も掘り起こしていた。

――十年前。

父王と乗った馬車が谷底へ転落し、気づいたときには、クオンは、森の小屋にいた。そばには、彼を見つけ、ここへ運んだというギャレットとその娘のフェリアがいた。

（あんたの親父さんらしき人もいたけど、残念ながら、駄目《だめ》だったよ。あんた達、どこかの貴族さんかい？　名前は？　ずいぶん、いい身なりをしていたけど……）

（う……名は、ク……ケイン、だ……あとのことは……）

クオンは、ケインと名前を変えて、事故で記憶を失ったふりをした。それまでの国の様子から、あの事故が、叔父《おじ》バンディオスの謀《はか》ったものという可能性は高い。余計なことを教えて恩人《おんじん》に迷惑をかけたくなかった。

（そうかい……気の毒にな。そうだ、これはあんたが倒れていた場所のすぐそばに落ちていた物だよ。手がかりになるかもしれないから、持っているといい）

そうして、ギャレットは『それ』をクオンに――ケインに渡した。誰《だれ》の目にも、価値が高いとわかる物なのに、善良な彼には、着服など、思いもつかぬことのようだった。あるいは、事故で片足を失い、義足に頼らざるを得なくなったケインに、同情したのかもしれない。

フェリアも、ケインにとても良くしてくれて、身体《からだ》が動かないうちは、森の小屋まで毎日看病に通ってきた。

（お父さんのこと、残念だったわね。あなたの記憶が戻るまでは、ずっと、うちにいていいからね）

怪我《けが》が一とおり回復し、義足で歩けるようになると、ギャレットは、森の小屋でなく自分の店で寝起きするよう、ケインに言った。店に移ると、下の娘のシーリアとニニアもケインによくなつき、お兄ちゃん、お兄ちゃんと呼んで慕《した》ってくれた。

（お兄ちゃん、足は痛くない？　食事は、部屋まで持っていこうか？）

（お兄ちゃんが歩く練習をするなら、ニニアが手を引いてあげるからね！）

あたたかい人たちに囲まれて、ケインは、身体だけでなく、心が癒《いや》される自分を感じた。

ずっと求めていたものが、ここでようやく得られた気がした。自分のような、王者の器でもない男には、こうした、小さな平凡な幸福こそ、ふさわしいのだと――そして、クオンは名も身分も捨て、ケインとして生きる決意とともに、フェリアを妻としたのだった。

自分と父のいなくなったヴァルドランドでは、バンディオスが即位して王となり、その子ヴァイスが第一王子となったことは知ったが、立場に未練は感じなかった。だが、バンディオスが恐怖と暴力によって治める国は、少しずつ、不穏なものとなり、やがて隣国であるフィールにも、その波は、ひたひたと押し寄せてきた。

そして、とうとうあの、思い出すのも辛い悲劇が――。

クオンが思い返すことをためらう、三年前の、悲劇の日。

フェリアは、切らしていた薬草を摘《つ》むために、一人で、森を歩いていた。

——しまったぁ……ずいぶん、奥まで来ちゃったな。

まだ、店のお料理の仕上げも終わっていないのに。シーリアには「カンと本能」なんて、味付けのコツを教えちゃったけど、ちゃんとお客さんに出せるかなぁ。

まあいいや。ケインもいま、ちょうど森で狩りをしているはずだし……うまく会えたら、一緒に帰ろう。

手にした草の籠《かご》を揺らしながら、フェリアは一人でにこにこした。大好きな人と結婚して半年、毎日が、甘い幸せでいっぱいだった。

と、そのとき、少し奥にある木々の間で、何か、人影のようなものが動いた。

あっ。もしかして、ケインかな？

フェリアはケインを驚かそうと、けれど獲物《えもの》を狙《ねら》っている最中だといけないので、そっと、茂みを分けてその影に向かった。

すると。

「——なんだ、お前は」

そこにいたのは、目つきの悪い、荒《すさ》んだ雰囲気の男たちだった。

「えっと……あの……」

フェリアには、男たちの誰にも見覚えがない。身につけている服は兵士のようだが、髪の色、言葉のアクセントからしても、フィールの人間ではないように思えた。

脱走兵……宿で聞いた噂《うわさ》が頭をよぎる。隣国の王、バンディオスが自軍の増強を計って集め、雇い入れたならず者たちが、この界隈《かいわい》に流れてきて悪事をはたらくと。

「あ、私《わたし》は、ちょっと薬草を摘みに……も、もう終わったから帰りますね。アハハ」

フェリアは額に汗を浮かべて、早々にその場を立ち去ろうとした。この手合いには、極力関わらないのが一番いい。

「待て」

背中を向けたフェリアの腕を、男たちの一人が強くつかんだ。

「いっつ……何すんっ……」

いつものくせで、思わず啖呵《たんか》を切りそうになった自分を、あわてて止める。

「あの、もう本当に、帰りますから……っ……いやっ……！」

「顔を見られて、生かして帰せると思ってるのか？　残念だが、あんたはここまでだ」

なあ、とフェリアの腕をつかんだ一人が、背後の男たちを振り返った。沈黙で、男たちは腕をつかむ男に同意を表す。フェリアはもがき、逃げようとした。だが、フェリアを捕らえている男の腕は、フェリアの首よりもずっと太い。

「まあ、殺《や》る前に少々楽しませてもらうがな……よく見りゃあ、ずいぶんいい女じゃねえか」

へへへへ、と男たちが一斉に下卑《げび》た笑いを浮かべ、フェリアの両手、両脚《りょうあし》を捕らえた。

「いやあーっ！」

フェリアは、たちまち宙に身を躍らされ、引きずられ、両手首を革紐《かわひも》で縛り上げられる。

「よし、そっちの木にこの紐を引っかけて繋《つな》げ」

「久々だな……こうやって、女にブチこむのも」

「――あんたら……」

フェリアは、もともとの気性をあらわにして、きっと男たちを睨《にら》みつけた。

「こんなことして、ただですむと――っ……！」

「いいねえ、活《い》きがいい。こういうのを、じっくり犯《や》りこむのが、おれは好きでね」

男の一人が、剣でビリビリっとフェリアの胸もとの布を切り、胸あてをぐっと下に押し下げる。と、そこに包まれていた大きめの乳房が、解放されたように前に飛び出す。

「おお……生意気なわりに、オッパイはずいぶん好きそうじゃねえか」

晒《さら》された乳房を、男の手が無遠慮に揉《も》みしだいた。

「う、っ……や……止《や》めなさいよ！　止めてっ……や……いやっ！」

剣を持った男が、フェリアのスカートをバリバリと切り裂く。長い靴下《くつした》をはいた太腿《ふともも》と、小さな下着の下半身があらわになった。

「いやあっ……離して！　離しなさいよっ！」

両脚に伸びる男の手に、フェリアは身をよじって抵抗した。

「じたばたすんなよ。でっけえオッパイがユサユサしてるぜ」

「あッ……」

フェリアの頬《ほお》がカッと熱くなる。その隙《すき》に、男二人がフェリアの脚を一本ずつ抱えて持ち上げ、ぐっと大きく横に開いた。

「いやあ！」

「へへ、いい格好だぜ！　マ×コの筋に下着がくっきり食い込んでらあ」

「ひ……っ……ひいっ……」

剣の先が、フェリアの割れ目をなぞって何度も往復した。恐怖のあまり、フェリアは少しずつ失禁し、下着がジュクジュクと濡《ぬ》れていった。

「おいおい……この女、濡れてるぜ？　案外、無理やりが好きなんじゃねえか？」

「ははは、そりゃいいや。思い残すことがないように楽しませてやろうぜ」

「あ、いやあっ！」

男の剣が、フェリアの下着を留《と》めている腰の紐をプツリと切った。フェリアは、破られた服の間から、乳房とあそこと、女の恥ずかしいところだけを見せているような格好になる。へへへへ、と男たちは薄笑いを浮かべて、丸見えのフェリアのそこを観察した。

「こっちも、まだあんまり使ってねえ色合いだぜ」

「ああ。だが、豆はでけえし下の口はピクピク震えてるし、ハメられるのは好きそうなマ×コだ」

「とりあえず、入れて確かめろよ。まあ、処女ってこともねえだろうが、ブチ込んで中出しの一つもしてやれば、こいつも諦《あきら》めておとなしくなるだろ」

「うう……」

品定めをされる屈辱に、フェリアは唇を噛《か》みしめた。涙を見せるのは悔しいので、泣きたくない、と我慢しているのだが、本当は、いまにも号泣してしまいそうだった。

男たちはクジを引いて順番を決め、勝った男がフェリアの股間《こかん》に腰を近づけた。

「じゃあ、おれからだ」

「ううっ……う……あ、うっ……」

あそこが開いて、見知らぬ男のものを入れられていると感じたとき、耐えきれずに、とうとうフェリアは涙を流した。ケイン……助けてよぉ……私、無理やりに、あなたのこと裏切らされちゃうよ……。

「ううっ！」

奥のほうに、男の先端があたるのを感じた。衝撃に目を開いたまま、フェリアは涙を流し続けた。

「なんだ、最初だからあんまり濡れてねえな……役得かどうか、わかりゃしないぜ」

「いいから、とっとと出しちまえよ。あとは、お前の精液で入れやすくなるからよ」

「チ……お、でもいいぜ、けっこう締めつけてくる」

男はフェリアの腰を抱えて、挿入《そうにゅう》したまま中で動いた。擦《こす》られて、フェリアの入口や内部が反応して熱くなる。嫌なのに、無理やりで痛いだけなのに、そこは、少しずつ潤《うるお》って、女の身体は、勝手に男の精液を浴びる準備をするのだ。

「いや……いやよぉ……止めて……出さないで、中で出さないで……」

「へっ、いまさら孕《はら》んだってお前にはもう関係ないんだよ」

「うあっ……あ……いやあっ……」

腰を打ち込まれ、揺すられて、乳房が上下に激しく揺れた。よし、と男がひときわ深く、フェリアの中を突いたと思うと、そのまま、動かなくなった。

「あ……」

一瞬の間のあと、体内に、男の放ったものが広がるのを感じた。

ああ……ケイン……ごめんね……私……。

フェリアは、絶望の涙をもう一度流した。

男たちは、次々にシーリアの身体を欲望を吐き出すための道具として使った。開かされた女の部分だけでなく、乳房にも、口にも、身体中に精液を浴びせられた。

「あ、う……はあっ……う……」

「へへへへ……こいつ、本当にいい具合だぜ……殺すのが、惜しくなってくるな」

「まったくだ。頭の中身がついてなければ、マ×コ使うために飼ってやりてえよ」

「……く……」

冗談じゃない。フェリアは、憎しみを込めた視線を男たちに返した。あんた達の、奴隷《どれい》として生かされるくらいなら……。

「へえ。お前、まだそんな目ができるのか」

「なあに、まだオマ×コが満足してねえから、嫌なんだろうよ。それじゃあ、今度は二本差しで可愛《かわい》がってやろうぜ」

男たちの一人が、フェリアの背後から腰を抱えて、尻《しり》の山を、左右にぐっと手で広げた。

「こっちの穴は、そういえばまだ使ってなかったな」

すでに精液でドロドロになっているあそこではなく、後ろに男の先端があてられる。

「いやっ……」

フェリアは逃れようともがいてみたが、結果として、逆に誘うように尻を振ることになってしまった。

「なんだ、そんなに欲しかったのか？　お前の男も、この穴を使うのが好きなのかよ」

前から溢《あふ》れている精液を自分の先端に少し塗りつけて、男は、フェリアの尻の穴に強引に挿入を開始した。

「――――っ……ううっ……ぎいいいっ！」

むろん、フェリアにはそんな経験はない。太く固い男のものを押し込まれ、少しずつ、奥へ進まれるたびに、粘膜《ねんまく》が、いっぱいに伸びてピリピリ裂けていくのを感じた。

「うわ、血が出てきた。尻は処女だったみたいだぜ」

「へえー。お前役得だな」

「けど、こっちも痛えよ……めんどくせえ、一気にブチ抜くか」

「ひいいいっ！　うあ、いや、うあ、うあああああっ！」

ずりずりずり、と尻から腸の内側を擦りあげ、男がそれを根もとまで入れると、フェリアは、痛みと衝撃のあまり、激しい勢いで失禁した。

「うああ……」

プシャアッと、破裂したように尿《にょう》が飛び散り、尻から太腿が、生あたたかく濡れた。

「おいおい、またこいつ小便しやがったぜ」

「気の強そうなマネをしたところで、しょせん、メス犬はメス犬だからな」

それじゃあ、おれはこっちから行くぜ、と、フェリアの前に回った男が、すでにドロドロの前にもまた入れようとしてきた。

「いやあっ……う……」

尻に入れられたものだけでも、いっぱいで、腹の中がおかしくなりそうなのに、この上あそこにも入れられたら、フェリアはもう、壊れてしまうかもしれなかった。事実、尻はすでに無理やりに開きすぎて痺《しび》れてきていて、排泄《はいせつ》のための筋肉が、駄目になったかもしれなかった。どうしよう……ケイン、私のお尻、一生お漏らしのままかもしれない……。

「うう……ううっ……」

叫びすぎて、涸《か》れた喉《のど》でフェリアが細く泣き始めたところへ、前の男が、ぐっと挿入を深くしてきた。

「そうだ、こいつは小便が好きらしいから、おれもこいつの中で、小便をしてやろう」

「う、いやあっ……そんな、そんなのいやっ……」

弱々しく、フェリアは首を横に振った。しかし男は、少しばかり出し入れを繰り返したあと、ふっと動きを止めたと思うと、勢いよく、フェリアの体内で放尿した。

「ああ……」

「へへへへ。これで本当に、お前は男の便所だな」

「あうう……あううう……」

全身が、犯されて、汚された感覚でいっぱいになり、フェリアの目の前が暗くなった。男たちは、おもしろがって次々にフェリアのあそこや尻を使って放尿した。フェリアはも

う、目も耳も、まともな理性もすべて奪われ、ただ下半身に、太いものを突き立てられる感覚だけで、突かれるたび、喉から規則的に声をあげていた。もう涙も、怒りも悲しみも表に出すことができなかった。

「あうう……あううう……あうう……あうう……」

助けてよう。ケイン、私、もう嫌だよう。

子供のように、胸の中でフェリアは夫を呼び続けた。心がどこか、暗く深いところへ沈んでいって、身体から離れてしまいそうだった。

そしてフェリアは、最後には、本当に心を手放したまま、ただうつろに、男たちの間で揺すられていた。男たちも、いい加減にフェリアを弄《もてあそ》ぶのに飽《あ》きてきたらしく、目をかわして、終わりにする頃合《ころあ》いを計り始めた。


狩りを終え、家に戻る途中でケインが変わり果てたフェリアを見つけたとき、その身体には、まだ、わずかにあたたかみが残っていた。

血の海の中、開かされたままの股間から剣を突き立てられ、こときれていた、哀れな妻。

その日たしかに、ケインの中でも、何かが死んだ。

そして三日後、悲しみに沈むギャレットと二人の妹たちを残して、ケインは、フィランから姿を消した。残された剣や、人の噂から、フェリアがどういったやつらに辱《はずかし》めを受け、殺されたかは推測がついた。以来、ケインは傭兵《ようへい》であれ貴族であれ、ヴァルドランドと名がつくものはすべて憎み、見かけた脱走兵はすべて殺した。最後には、すべての原因をつくった王と、ヴァルドランドの王家を滅ぼすと誓って――。

フェリア……あのとき、君を救えなかったことを、僕は、いまでも悔やんでいる。

この思いは、生涯《しょうがい》、消えることはないだろう。

そして、僕はもう、二度と同じ後悔はしたくないんだ。

土を掘る剣の先が、カツンと止まった。棺桶《かんおけ》ほどの深さではない。だが、それがクオンの求めているものだ。地面にしゃがみ、土をかきわけ、細長い箱を取り出して、箱の中身を確かめる。丁寧に包まれた油紙をほどくと、中から、銀色に光る『それ』が出てきた。

「もう二度と、見ることはないと思っていたんだが……」

この先を、フェリアの夫としてのみ生きる証《あかし》に、フェリアとともに葬《ほうむ》った『それ』。だが『それ』は、バンディオスとの戦いには必要だ。明日は必ず手にして行くと、クオンは、会議で皆に約束していた。

立ち上がり、まっすぐにして夜空にかざすと、『それ』は、月を照り返して青白く光った。クオンは、まぶしさでわずかに目を細くする。

「―――っ！」

とつぜん、包帯に覆われたままの右目が痛み、クオンは、そこを手で押さえた。片手に『それ』を掴んだまま、クオンは、その場に膝《ひざ》をつく。

「なんだ……いまの、は……」

右目は熱く、視界は、たしかに赤く染まって、知らない場面をうつしていた。

「お姉ちゃん……今夜は、お兄ちゃんは帰って来ないのかな？」

「そうね。もしかすると、お城で、大切なご用があるのかもしれないわ」

「そっか。つまんない」

ベッドの中で、ニニアはシーツを握って唇を尖《とが》らせた。

「ふふふ。大丈夫よ。兄さんは、明日にはきっと帰ってくるわ」

シーリアは、ニニアの前髪をそっと指で分けてやる。

「……ねえ、お姉ちゃん」

「なあに？」

「あのね……フェリアお姉ちゃんは、天国で、ニニア達のこと、怒ってると思う？」

「えっ……ど、どうかしら……」

その意味を考え、シーリアは頬を熱くしてニニアを見たが、ニニアには、もちろんシーリアの顔は見えない。シーリアは、ふっと息をついてもう一度ニニアの髪を撫《な》でた。

「もしかすると、少しはやきもちを焼いているかもしれないわね。姉さんは、兄さんをとても愛していたから……」

「……うん」

うなずくニニアは、見えない目で、幸せな昔を見ているのだろうか。

「でも、大丈夫よ。姉さんはいつも、ケイン兄さんと同じくらい、私たち家族を、思ってくれたから……明日もきっと、姉さんが、兄さんを守ってくれるに違いないわ」

「……」

ニニアは何も知らないはずだが、明日、何があるのとは訊《き》かなかった。シーリアも、その先は何も言わなかった。


城の見張り台で、ズゥは、ハーデン、ラッセ、ナスタースとともに、決戦の前の酒盛りをしていた。

「ちくしょぉ～。ヴァルドランドの精鋭だとぉ？　朱赤《あか》騎士だが虹騎士だが知らねえが、明日は、絶対に負けねえぞぉ」

「ヴァイスアード殿下あっ！　明日は、このナスタースと黒騎士団、殿下のために、命も惜しまず、戦い抜くことを誓いますっ！」

「あーあー。なんでボク、大事な夜を、美しい女性とじゃなくて、こんな連中と飲んで過ごしてるんだろうなあ……」

ハーデンも、ナスタースもラッセもすっかり酔って、半分船をこいでいる。

ズゥも同じくらい飲んだはずだが、ずっと無言で、直立したまま、彼方の丘を見つめていた。鎧《よろい》の中は――不思議と、酒の効果以上に身体が熱くなることも、内部が疼《うず》くこともなく、ズゥは、涼しい気分で仮面に夜風を浴びていた。

夜が明ければ、決戦という緊張が、ズゥを引き締めているのかもしれない。いい傾向だ。

明日も、どうかこのまま、最後まで理性を保ち続けられるように。

ズゥは仮面の奥から月を見て祈った。


そして、朝。

「――さあ。やるか」

マントを返し、ヴァイスは皆の待つ広間へ向かった。一同は、すでにその場に集まっていた。ハーデン、ラッセ、ナスタースも、昨夜の酔いはみじんもなく、引き締まった顔でヴァイスを見る。

「よし。まずは、ヤツをここまでおびき寄せる戦いだ。皆、無駄《むだ》に命を落とすことはない。名誉より、勝利より生きることを優先してくれ。親子喧嘩《げんか》に付き合ってくれるのは有り難いが、それで無駄死にすることはないからな」

みんな笑った。それぞれの手には、この日のためにヴァイスが用意した、とっておきの酒が注がれた器がある。

「では、われわれの勝利を祈って」

――乾杯！

一同は、一気に酒を飲み干すと、器を床に叩《たた》きつけて割った。

「行くぞ！」

「おお！」

土煙をあげて迫る王の軍と、迎え撃つヴァイス王子の軍は、予定どおり、フィランの外れの平地を戦場とした。怒号、剣と槍《やり》のかちあう金属の音、馬のいななき、肉が斬《き》られて派手な血しぶきがあがる音。

ヴァイスの軍は、指揮官のナスタースに従って、戦っては退き、戦っては退きを繰り返した。

「敗北ではない！　作戦のための後退だ！　功を焦るな、命を惜しめ！」

ナスタースは馬上で懸命《けんめい》に叫んだ。王子の軍はよく戦った。しかし、やはり強大な朱赤と虹騎士団との戦いに、兵は疲れ、少しずつ減らされて、ヴァイス軍は「余儀なく」の後退を繰り返していた。

「くそっ……みんな、持ちこたえてくれ……あの王を、王子のもとへ連れ出すまで……」

ナスタースは、まだ後方で黒く大きな馬に乗っている、バンディオスをじっと睨みすえた。自分はもう、王子が毒に倒されたときに命を捨てている。いまとなっては、恐れるものは何もないはずだ――。

クオンは、エルフィーナとともに、フィラン城の奥深く、「封印の間」で待機していた。手には、昨夜墓から掘り出した『それ』をしっかりと抱えている。

もう間もなく、王が城内へやってくる。戦況は苦戦、だが負けてはいない。

と、ハーデンとラッセが告げに来た。

「……じゃあな。おれ達は、先に行くぜ」

「あのヒゲ王が城へ入ってきたら、邪魔な周りの連中を片づけるのが、ボクら前座の役目だからね……まあ、できるかぎり、がんばってみるよ」

胸に下げている羽の印を持ち上げて、ラッセはかるく唇を寄せた。

「またな、クオン」

「ああ……またな」

去っていく二人を、クオンは微笑して見送った。

封印の間は、静かになった。

エルフィーナは、青白い顔で黙っている。豊かな胸の間に手を置いて、そっと、あるいはきつく、手を握っている。手の中に、金の鎖で首からさげた、紋章入りの指輪があることを、クオンはちらりと見て知っていた。

ミシッ、とふいに天井が鳴って、砂か埃《ほこり》かわからない粒が床に落ちた。

ここは、苔《こけ》むした古い石壁に、石づくりの祭壇《さいだん》があるきりの部屋だ。壁には古い文様もあるが、それらがいつ作られたのかは、王家の者ですら、わからないという。おそらくは、フィランの大樹と同様に、城がいまの形に築かれるよりも前から、太古の秘術を封じるために、ここに存在したといわれる。

ヴァイスが王に勝利する秘策は、この部屋の、祭壇の仕掛けにあった。

祭壇の中央に埋め込まれた石の聖杯を「王家の血筋を示すもの」によって満たすとき、

太古の神は力をふるい、城は瓦礫《がれき》と化すという。

つまり、バンディオスがこの城へやってきたら、城を内部から崩壊させて、建物《たてもの》ごと、葬ってしまおうというのだ。大胆な、ヴァイスらしい作戦だが、この仕掛けを皆に教えたのはエルフィーナだった。そして、皆が何度尋ねても、「王家の血筋を示すもの」が何かを、エルフィーナは、教えようとしなかった。

「ただその役目は、わたくしにしか、できないことはたしかです」

と、微笑するだけのエルフィーナに、誰もその先を訊くことはできなかった。

クオンには、それが何かは、薄々、予想がついていたが――。

「あっ……」

ドォン、と鈍い地響きがして、城全体が、震えたように揺れた。軍勢が、いよいよこの城に押し寄せて、決戦の時が迫っているのだ。

「あ、あはは……なぜでしょう……あはは……」

ふいに、エルフィーナが震えながら、笑い出した。おかしいことなど、何もないはずなのに笑っている。かるいパニックを起こしているらしい。

「もうじき、封印をといて、お城が崩れれば……、わたくし達は、死ぬんですよね」

そう。内部から城を崩壊させれば、王も死ぬが、当然、中にいる他《ほか》の者たちも道連れとなる。相打ちだが、バンディオスを仕留めればこちらは勝利なのだ。

「わかっていたのに……覚悟は、とっくに出来ていたことなのに。あの方の……クオン殿下のもとへようやく行けるだけなのだ、と」

　でも、とエルフィーナが濡れた蒼《あお》い目でクオンを見た。震える手が、手の中の指輪をつよく握っていた。

「クオン……さん……！　お願いです、最後に本当のことを言ってください。あなたは」

「では、本当のことを言おうか」

　クオンはエルフィーナをさえぎった。自分が誰か……エルフィーナは、気づいているのかもしれない。だが、それを口にされるより先に、言わなければならないことがある。


　城内では、いままさに、王の軍と王子の軍とがせめぎあっていた。白亜の城といわれたフィラン城は、床といわず柱といわず血に濡れて、広間は敵味方入り交じった、倒れた兵士達で埋まっていた。

「ハーデン、右――」

「わかってら……っ……」

　ほぼ背中合わせで剣をふるい、大剣とレイピアで戦うハーデンとラッセ。ここまで生き残ってきた精鋭たちも、二人の前に、やがて倒され、すでに倒れた者に重なっていく。

「ヴァイスアード！」

　そのとき、広間全体を揺るがすような、ひときわ太い咆哮《ほうこう》が響いた。

「――来たな」

「ああ……それじゃあ、王の間の前まで後退だ」

二人は剣を構えたまま、じりじりと奥へ下がっていった。その足下に流れる血が、返り血か、精鋭相手に負った深手によるものかは、恐らく二人にもわからないだろう。

「なぁ……ズゥはどうした？」

「……きっと、殿下のそばにいるよ」

「そうか……ヤツがいれば、おれ達は、そろそろ、休んでも構わねえかな」

「……うん……そうだね……あとは、あのヒゲを、少しでも……削ってやりたいね」

「ちっ……早いとこ片づけて、あの店で、またうまいもんでも食いたいぜ」

「キミって、本当に意地汚いね……」

息を切らし、まだ言い合いを続ける二人の前に、大きな人影が近づいてきた。ニヤリと笑い、目を交わして、二人は影に向き直った。


クオンは、淡々とエルフィーナに語っていた。

自分がこの城へやってきたのは、ヴァイス暗殺が狙いだったこと。そしてそれは、亡き妻、フェリアへの復讐のためであったこと。だが、この国を見るにつれ、王子を殺しても妻は帰らず、誰を救うこともできないと痛感したこと。

エルフィーナは、クオンの結婚を知ったときには、はっきりと動揺していたが、あとは、たまの相づちのほかは何も言わず、話を聞いていた。

「――で、気がつけば、とうとうこんなところまで来て……おれは、本当に情けない男だな。いい加減、自分でも呆《あき》れるよ」

「……」

エルフィーナが、そっとクオンに手を伸ばして、何か言おうと口を開いた。

そのとき、

「──来た！」

クオンは、突然身をこわばらせ、抱えた『それ』を取り出して掲げた。

細長い筒《つつ》から、青白く光る美しい剣があらわれる。キイイィ、と高く震えるような音が、封印の間に反響した。それは、バンディオスが手にするワーディーラアと対をなす、もう一つの聖剣、ウォーラーラン。十年前、先の王カルディアスがフィールへ持参して事故に遭《あ》い、以後、失われたとされていた剣。二つの剣は、近づくと、互いに呼び合い共鳴する。クオンとヴァイスは、ウォーラーランが響くのを、バンディオスが王の間へ入り、ワーディーラアを抜いた合図としていた。

「……本当、に？」

エルフィーナが、輝きと響きに酔ったような顔で剣を見つめた。無言のまま、クオンは小さくうなずいた。この剣を、クオンが持っている理由と、意味も含めて。

「では、いよいよ仕掛けを動かすのですね」

だがエルフィーナは、剣のこともクオンのことも訊こうとはせず、きっと赤い唇を結んで顔をあげた。そして、懐《ふところ》から短刀を取り出した。

王の間に来たとき、バンディォスは、すでに返り血を浴び、いくらかの手傷も負っていた。それが誰の血で、手傷は誰が負わせたものか、ヴァイスはあえて、考えずにいた。

——キィン！

そしていま、ヴァイスはバンディォスと斬り合っていた。剣と剣は、何度もぶつかりあい、弾《はじ》き合い、父と息子は、真剣に互いの心臓を狙っていた。

同じ血を持つ二人の右目は、共に輝き、光っていた。未来を見る、敵の手の先を読む右目。だが、同じ力を持つ者同士は、力も相殺されるらしい。

「それでも、死ぬのはやはり貴様だ。ワシの手に、この聖剣ワーディーラアがある限りな！」

バンディォスの、金色に光るワーディーラアが、ヴァイスの喉を正確に狙った。が、次の瞬間、王は、手の中の剣をつかみ直し、不審な顔で、王子を見た。

キイイィ……

ワーディーラアの共鳴は、みるみる大きく、高く響いて、王の間の天井にこだました。

ククク、とヴァイスは王を睨み笑った。

「見えるらしいな。おれの未来は見えなくても、これから、自分の身に起きることが」

キイイィ……

封印の間で、ウォーラーランもまた震えていた。

そしてクオンは、短剣を手にしたエルフィーナの手を、片手でつかんで止めていた。

「離してください！　これは、必要なことなのです！　封印を解くために必要な――」

「やはり血か。フィール王家の人間の血が、この仕掛けには必要なんだな」

だから、自分にしかできない役目だ、とエルフィーナは言ったのだ。だが、石の祭壇の聖杯は大きい。これを満たすだけの血を流せば、エルフィーナは……。

「お願いです……」

エルフィーナは、蒼い目に涙をためてクオンを見た。しかし、自分の目の前で、姫がみずからを短剣で傷つけるなど、クオンに耐えられるわけがなかった。

「ならば――」

「ああっ、何を！」

クオンはエルフィーナの手から短刀を奪いとり、みずからの腕を切り裂いた。

「……血がいるならば、おれの血を使え」

腕から流れ出したクオンの血が、聖杯に零《こぼ》れ、溜《た》まっていく。エルフィーナは、青くなって震えながらかぶりを振った。

「でも、この血は……フィール王家の、血筋でなければ……私の血でなければ……あ……あ……!?」

だがそのとき、足下の祭壇の床が白く輝き、クオンは、一瞬目もくらむ光に包まれる。

聖杯が震え、その振動は少しずつ、祭壇へ、床へ、封印の間全体へ広がっていく。

「これは……！」

信じられぬものを見る目のエルフィーナの横で、クオンは、なおも聖杯へ血を注ぎながら、ほっと安堵《あんど》して、息をついた。太古の神は、おれの血も受け入れてくれたらしい。

「……ヴァルドランドの先王、カルディアスの祖母は、このフィール王家の出身だ。当然、カルディアスの息子にも、フィール王家の血は流れている」

エルフィーナの蒼い目が、驚きに丸く見開かれた。部屋はいま全体が大きく揺れて、少しずつ、立っているのも困難になってくる。だが、エルフィーナの周囲だけが静かに見えた。姫はただ、次々に涙を頬につたわせながら、まっすぐに、クオンだけを見つめている。

「で、では……やはり、やはりあなたは……」

ようやく開いた唇が震えた。きれいな顔が泣いてくしゃくしゃに歪《ゆが》んでいく。

「クオン様！」

エルフィーナは、クオンの胸に飛び込んだ。受け止めて、クオンは揺れる足場によろめき、もう一度、しっかりとエルフィーナを抱き直した。振動はいまや、ごうごうと地響きを伴って、壁の石や、天井の一部を崩していた。そんな中でも、クオンはかつて、この姫のためにフィールを訪れた日のことを思い出した。あれは、フィランの大樹の下。婚約の意味もわからず怯えて逃げていた、まだ幼かった金髪の少女。愛していこう、優《やさ》しくしようと決意して、クオンははにかみやの少女に笑いかけ、指輪を渡し、約束した。

(――――もしも、今度会って君が泣いていたら、そのときは、僕が君を笑わせてあげる)

(もしも、私が笑っていたら？)

(そのときは……もっと、君を笑わせてあげるよ)

「ごめん……エルフィーナ姫」

　一度だけ、クオンは王子の自分に戻って、エルフィーナにそっと笑いかけた。

　そのとき、天井がどっと崩れ落ちてきた。


　王の間は轟音《ごうおん》に包まれていた。

　天井が割れ、巨大な石の固まりとなって落ちてくる。柱が倒れ、床がひび割れて、倒れた兵士達の身体がそこに飲み込まれる。

「き、きさま……何をした！　ヴァイスアードォォォ！」

　バンディオスは床に剣を突き立て、燃える目で王子を睨んでいた。

「地獄への道案内だ！」

　ヴァイスが叫び返したのと、王の足下が大きく崩れ、城がその巨体を飲み込んだのがほぼ同時だった。グオオオオオ、と周囲の地響きにも負けぬ咆哮をあげ、バンディオスは瓦礫の中へ沈んでいった。

「ク……フフフ……」

　ヴァイスはそれを見届けてから、みずからも、運命を待つように天井を見上げた。ちょうど、頭上の巨大な岩盤が崩れて、ヴァイスの全身に降りかかろうとしていた。

　そのとき、ヴァイスはすぐそばに人の気配を感じた。

（ヴァイスアード殿下……）

仮面と鎧に包まれたズゥの姿が、そこにあった。ヴァイスが何を言う間もないまま、ズゥは、ヴァイスと岩盤の間に飛び込むように、ヴァイスの全身に身を被《かぶ》せてきた。

ドドドドドド、とひときわ激しい地響きがして、砂煙が、ズゥとヴァイスと、そこにあるすべてを覆っていく。

(殿下……私は、殿下がこの作戦を実行すると決めたときから……こうすることを、決めていました)

(殿下の影として、殿下のために生き……殿下、あなたのために死ぬ……間に合って、よかった……)

(最後まで、私は……あなたと共に……)

ドォオオォン……

うねりのような、最後の長い轟音とともに、フィラン城の王の間は崩壊した。

目を開けると、天井の梁《はり》の残骸《ざんがい》の向こうに、やけに青い空が広がっていた。

そこかしこで、パラパラパラ……と、石の粉がこぼれ散る音がする。

「これは……？　崩れきらなかったのか？」

「わかりません」

あおむけに倒れたまま呟《つぶや》くと、そばで、エルフィーナの声がした。

「聖杯に捧げた血が薄かったのか……それとも、フィランの大樹の根がはって、城の一部を支えたのか……とにかく、わたくし達は助かったようです」

二人は、重なって倒れた柱の間に入ったおかげで、無事だったらしい。

封印の間は、檻《おり》のように一部分の石の骨組みだけを残していた。

生きているのか……おれは……あいつは……？

「うっ」

包帯の奥の右目が、また熱くなった。クオンは、手のひらで目を庇《かば》いながら、ゆっくりと身体を起こしてみた。思いのほか、城の崩壊による怪我は少ないが、それよりも、聖杯に血を注いだための失血が辛い。

それでも、クオンはふらふらと立ちあがろうとした。

「クオン殿下」

エルフィーナが、クオンを支えるように胸に縋りつ いてきた。

「本当に、クオン殿下なのですね……」

潤んだ目で、エルフィーナがクオンにほほえみ、語りかける。

だが、クオンはエルフィーナから目を逸《そ》らし、うつむいたまま「ごめん」と言った。

「あのときの約束、守れなかった」

再会して、君が泣いていたら、笑わせてあげると言ったのに。僕は、君を悲しませこそすれ、笑わせてあげることはできなかった。

エルフィーナは首を横に振り、無理に笑おうとしてまた涙を流した。

「どうして……どうして……」

言葉にならない、姫のたくさんの問いかけが、クオンの胸に伝わってくる。そのすべてには、クオンも答えることができない。ただ、すまないと謝るしか……だが、そんな自分が、いま何をしなければならないかは、熱い右目が教えていた。

クオンはエルフィーナの両腕を抱えて、重なる胸をそっと離した。歩き出すと、情けないが少々目眩《めまい》がした。息を吐き、頭を振ってもう一度、足取りを確かめながら歩いていく。片手には聖剣・ウォーラーランを持ち、片手で、顔の包帯を解き始める。

「待って！　どこへ行かれるのですか、クオン様！」

クオンは、無言のままエルフィーナに振り返った。エルフィーナがあっと息を飲んだ。

「紅い、目……？」

そう。クオンがずっと忌《い》み嫌い、封じていた、ヴァルドランドの王族の証である右目が、近い未来を教えて、光っている。

赤い世界で、ヴァイスが剣をかまえていた。自分は、その剣に応じている。ずっと昔、少年だったヴァイスと模擬戦《もぎせん》をしたときのように、それは楽しい。そういえば、城の剣技場でやりあったときも、続きをしような、と約束した。

「行かなければ。あいつが……ヴァイスが待っている……」

おれと、もう一度剣を交えるために。

右目は、彼がまだ生きていると告げていた。クオンの胸に、不思議な高揚感が生まれていた。ヴァルドランドの第一王子として生まれながらも、力で人を縛ることを嫌い、戦いを嫌い、政治的な結婚をそうでないものに変えたかった自分。名をケインと変え、フィールの平凡な猟師《りょうし》として、妻をめとり、家族との小さな幸せを求めた自分。そして、妻への復讐のため、ヴァルドランドに仇《あだ》なす者を名乗りながらも、迷い続け、なすべきことを探していた自分。

そんな自分を、すべてそのまま受け入れて、ようやく、本当のクオンという人間が生まれる気がする。いま、ヴァイスと剣を交えることは、そのために欠かせない、儀式のようなものに思えた。ヴァイスとクオンの、絡み合い、逆転し、枝分かれしていた運命もまた、ここで一つに――それは、ヴァイスの望みでもあるはずだ、と。

「クオン様！　どうかご無理をなさらないでください！」

エルフィーナが、必死で呼びかける声が背後に聞こえた。クオンは振り向いてそっと笑ったが、その足取りが止まることはなかった。


ヴァルドランドの暴君と、王の率いる大軍勢を、城と引き替えにうち破った、その戦いは、フィールに残る伝説となった。

王子と、傭兵と、騎士と、姫の戦いの物語はいくつも生まれた。瓦礫の中から、魔人となってよみがえったバンディオスにとどめをさしたのは、息子ヴァイスアード王子であったとも、ずっと王の慰み者とされてきた王妃であったとも、青白く光る剣を手にした銀髪の傭兵であったともいわれている。

だが伝説の最後は、いつも同じだ。紅い右目の二人の男が、空の下で、剣を交わしている場面。一人は長身、長い黒髪に金の聖剣。もう一人は、銀髪の痩身《そうしん》に銀の聖剣。男たちは、いつまでもその時間が続くことを願いながら、笑いを浮かべ、互いの腕を競い合っていた。黒髪の男は、それまでの戦いと城の崩壊で、すでに、背中からおびただしい血を流していた。銀髪も、それに気づいていた。だが、剣の響きはやむことがなかった。

そんな二人を目にした者は、そこに、屈辱と、涙にまみれて城をも失った奉仕の国に、夜明けが訪れるのを見たと言う。

やがて黒髪の一人が剣を置き、銀髪の前にひざまずいた。そして、銀髪の男を王と仰ぎ、騎士としての誓いをたててのち、彼は、永遠の眠りについた——。

エピローグ

少年が、クオン国王の前にひざまずいた。

「ライーアス」

祭壇《さいだん》を背に立ち、クオンは少年に呼びかける。少年は――ライーアスは、緊張と、高揚の入り交じった顔でクオンを見た。

黒い髪に、紅い右目。幼いながら、知性と落ち着きを感じるこの少年なら、やがて、良き王として国を治めてゆくだろう。後見役として、彼女もいる――。

と、クオンはライーアスの背後に控《ひか》えているマーナに、そっと目をやった。

あのフィラン城での戦いでは、マーナも王に連れ出され、城の崩壊に巻き込まれたが、奇跡的に、彼女は軽い怪我《けが》だけで助かった。ヴァルドランドの貴族に生まれ、かつては少年ヴァイスの教育係をつとめていたマーナは、歳《とし》の離れたバンディオス王に無理やり奪われるように妻にされ、ほどなくして王の子、ライーアスを産んだ。だが、バンディオスがマーナを王妃として娶《めと》ったのは、いわば、息子ヴァイスへのあてつけだった。彼女を慕《した》うヴァイスを苦しめ、絶望させて、自分の権威を脅《おびや》かす野心を持たせぬように……つまりそれだけ、バンディオスは、我が子を恐れていたのである。血を分けた息子を、それゆえに――だが、同じ息子でも、このライーアスは違う。

いくらかの月日を少年と過ごし、クオンは、ライーアスの中に、王家の血が持つ風格と、母親ゆずりのしっかりした気性と優《やさ》しさが、同時に受け継《つ》がれていると知った。

このライーアスとマーナなら、ヴァルドランドをまかせていける。

そうだな、ヴァイス？

胸の中で、クオンは亡き王子の顔を思い浮かべた。クオンの中のヴァイスはいつも皮肉に笑っているが、そのときは、素直に微笑しているように思えた。

クオンは、小さくうなずいた。

そしてクオンは、ライーアスの頭上に、ヴァルドランドの王冠を与えた。


戴冠式《たいかんしき》も無事に済み、クオンは、はれて自由の身となった。

バンディオスが戦いに倒れて以後、ヴァルドランドの王権は、自動的に息子ヴァイスのものとなり、ヴァイスが騎士《きし》の誓いをして、クオンは王位を譲り受けた。

戦いの中、正式な儀式などは何もなかったが、筋道としてはとおっている。そののちクオンは、二度と訪れることはないと思ったヴァルドランドの城へ帰って、しばらくの間、国を治めた。

しかし、ヴァイスの望みを叶《かな》えるために一度は即位したものの、やはり自分は、王には向かぬと、みずから譲位してしまったのだ。

クオン国王が短い治世で、定め、宣言したことはたった一つ。

『フィール王国への布令を全面撤回する。奴隷《どれい》は身分を復活させ帰国、民の奉仕義務はすべて解消。ヴァルドランドは兵を退き、統治権は旧フィール王家に返す』

これにより、ようやく、奉仕国家フィールに、終わりが告げられたのである。

さて――これから、どうするか。

名残を惜しむマーナやライーアスとも別れ、クオンは一人、城門を出た。

一度は元に戻した髪も、再び銀色に脱色し、王族ではなく、傭兵《ようへい》クオンの姿となって、気持ちとしては、身一つだった。右目はやはり、以前のように封じていた。この姿の自分でいることは、クオンにとって、罪を忘れぬ誓いのあらわれでもあった。

過去をいつわり、捨てようとして、たくさんの人を悲しませた罪。わけても、妻と呼んだ女性と、従弟《いとこ》でありあるいは最高の友にもなれたかもしれぬ男を、死なせた罪。

姿を保ち、忘れぬことで、クオンは償《つぐな》いを始めようとしていた。

空は高く、風は心地よく涼しい季節だった。

国を離れ、一度ラグラジェア地方からも出て、遠くへ行こうか。しかし、その前に戻らなければならない家がある。

クオンは、フィールへと向かう道を選んだ。

――と、その行く手に、見覚えのある紋章入りの白塗りの馬車が停《と》まっている。

近づくと、馬車の扉が静かに開いた。そうして、中から金色の髪に白いドレスの、美しい姫《ひめ》がそっと降りてきた。

「お久しぶりでございます」

「……エルフィーナ……」

「はい」

エルフィーナは、丁寧にドレスの裾《すそ》をつまんで、礼にかなった挨拶《あいさつ》をした。無言のまま、クオンも作法に従って返礼した。

少しの間に、エルフィーナはずいぶんとあか抜けた。表情やしぐさがやや大人《おとな》びて、まとう空気に、光を感じる。フィールを再興するために、日々、力を尽くしていることは、クオンも報告を聞いて知っていた。

「クオン陛下……いえ、もういまは、クオン様とお呼びするべきなのでしょうか。ご在位中は、フィールに数々のご助力をいただきまして、まことにありがとうございました」

「あ、いや……それは、ヴァルドランドの王として、当然のことをしたまでなので」

もちろん、ライーアスもマーナも、今後もヴァルドランドとフィールが永く友好関係を結ぶことを望んでいる。何かあったらいつでも言ってほしいそうだ、とクオンは付け足した。

「ナスタースは、ちゃんとそちらでやっているか？」

「はい。いつも、とても良くしてくださっています」

「そうか」

あの騎士も、戦いの中生き残った一人だ。彼はいまなおフィールに残って、エルフィーナの行いを助けつつ、ヴァルドランドとの良き連絡役をつとめている。

「ところで、クオン様」

エルフィーナの声と表情が、微妙に変わった。フィールの統治者としてのそれではなく、おとなしく遠慮がちだった昔の姫の、甘い柔らかさを感じる顔だ。

「今日わたくしは、クオン様に、お願いがあってここへ来たのです」

「お願い？」

「はい。どうか、クオン様に、わたくしを助けていただきたいのです」


――そして、しばらくのち。


「……では、今日の稽古《けいこ》はこれまでにします」

「ありがとうございました」


まだ汗を拭《ふ》いていた女性たちが、一斉に背を伸ばしてクオンにきっちりと礼をした。

うん、とクオンは一同にかるくほほえんで、剣を置き、まだ仮設状態の練習場をあとにする。外はもう、夕暮れが近づいていて、夕餉《ゆうげ》の煙があちこちから道に漂っていた。

フィランの街は、少しずつ、かつての活気を取り戻している。捕らわれていた男たちはほとんどが国へ帰ってきて、登録所はふたたびもとの酒場や宿屋に戻り、広場は子供たちの遊び場となり、恋人たちは湖畔《こはん》で愛を語っている。

平和だった。一度は王であった自分も平和の群像の中にいることに、愉快とも不思議ともつかない気持ちがする。エルフィーナの、あの日の「お願い」を聞き届けたから――。

（クオン様。フィールには、自分の身を守ることもできない女性がたくさんいます。彼女たちに、身を守る術や基礎の武芸を、教えに来ていただけないでしょうか？）

言われて最初は戸惑ったが、それが姫の助けになるのなら、とクオンは承知することにした。いずれ、フィランへは戻るつもりでいたこともある。

街の人々は、とくにクオンの素性を問うこともなく、彼を快く受け入れてくれたが、中には、エルフィーナ姫がクオンに特別な思いを寄せているから、彼をそばに置きたがったのだろう、と噂《うわさ》する者もいた。本当かどうかは、クオンは知らない。エルフィーナが、かつて彼が送った金の指輪を、いまも持っていることは知っているが――自分からは、それを確かめるつもりはない。

「いやあ……今日も一日、よく働いたなあ」

「そりゃあ、城ひとつ新しく作ろうってんだから、大仕事だな」

道行く男たちの会話が聞こえた。いま街には、フィラン城を再建するために、余所《よそ》からも多くの人間が集まっている。

「さっそく今日は一杯やって……あとはいい娘《こ》でも抱きてえなあ」

「違《ちげ》えねえや。しかしもう、この国じゃよりどりみどりってわけでもねえし……」

クオンはピクリと反応した。軽口を叩《たた》いた男はクオンの鋭い視線を受けて、

「あ、いやいや、そうしたいってわけじゃねえよ、ウン。そうだ、娼館《しょうかん》へでも行ってみるかな、裏通りにたしかゴルなんとかって男がやってる店があったな、はは」

「何言ってんだよ。お前、あの娼館はとっくにねえよ」

連れの男が肩をすくめた。

「なんでも、持ち主だったなにビーノって男はよ、ヴァルドランドの悪い貴族と通じてて、その貴族がバンディオスにまっぷたつに切られて死んだって聞いてから、どっかに行方を

くらましたんだと」

「へぇえ……」

すれ違い、遠ざかる男たちの会話を、クオンは聞くともなしに耳にした。

「噂じゃぁ、おのれを悔いて教会で坊主《ぼうず》になったとか、遠い場所でまたちゃっかり商売してるとか、いろいろあるけど、本当のところはどうか知らねえ」

「なるほどねえ。じゃぁ仕方ねえ、今夜は酒だけで寝るとするか」

「まあそうだな。明日もまた、朝から城作りの仕事だしな」

城作り、か。

クオンは、ふと湖と岬の景色が見たくなって湖畔へ出た。湖は、夕日の名残でまだオレンジ色に光っていた。けれど、以前は岬で夕映えに輝いていた城は、いまはない。再びあそこに、白亜の城を望めるのはいつになるだろう。

(じつは……東の丘に、小さな碑《ひ》を建《た》てたいと思っています)

エルフィーナがそんな話をしていたことを思い出した。

(東の丘は、いまちょうど、墓地になっているあたりの少し上です。そこからは、エルイン湖やフィランの街がよく見えて……ヴァイス王子は、フィールの景色を見るのがお好きでしたから……)

公ではなく、ヴァイス王子を知る人が彼をしのぶ碑を、と姫は考えているらしい。もちろん、クオンに反対はなかったが、

(できれば、碑には王子の名のほかに、あの戦いで消えた仲間たちの名も加えてほしい)

と、いくつかの名前を記してエルフィーナに渡した。

（ハーデンさん、ラッセさん……それに……この方は？）

「ナグロネ」という名にエルフィーナは少し首をかしげたが、外せない名だ、とクオンが言うと、姫はそれ以上は訊《き》かずにうなずいた。

（ありがとう）

そう。クオンはあの日、ヴァイスと最後の剣を交わしに行く途中、瓦礫の上に、ズゥの仮面が外れて置かれているのを見ていた。そして、そのそばで倒れていたズゥの、仮面の下に隠れていた素顔も。ヴァイス王子も、その顔は見たに違いない。彼女はすでに息絶えていたが、その表情は安らかで、誇らかですらあった。


そして、夜。

クオンは、シーリアとニニアの待つ家へ帰り、食事をして、日々の出来事を語り合う。

ギャレットの店は、食事と宿の店として再び賑《にぎ》わうようになり、ニニアも、部屋の支度や細かい物の手入れなどを、慣れた手つきで手伝っていた。

「以前にね。フェリア姉さんが、お料理の味付けのコツを、カンと本能って言ったことがあるの。そのときは私《わたし》、よくわからなかったけれど……いまなら、わかる気がするの」

「そうか」

「なんなの？　そのコツって、シーリアお姉ちゃん」

ニニアが身を乗り出してシーリアに訊く。

「うーん……言葉では……やっぱり、カンと本能、としか言えないわ」

「ちぇー。ぶーぶー」

ニニアは相変わらず無邪気な反応で唇を尖《とが》らせた。

「でもきっと……ニニアにも、この味は出せると思うわよ」

「そうなの!?」

「ええ……ね？　ケイン兄さん」

「えっ……あ、ああ……うん……そうかも、ね」

クオンは調子を合わせてみせたが、本当は、なんのことだかよくわからなかった。ただ、たとえば恋をした女性はきれいになるとか、そういった類《たぐい》のことのような気はした。

「ところで……ねえ、お兄ちゃん」

ニニアが、テーブルにクオンの手を捜して、自分の手をそっと重ねてきた。

「今夜も、いつもと同じようにしてもいい？」

「……」

見ると、シーリアも少し頬《ほお》を染め、照れたようにクオンから目を逸《そ》らした。

「お兄ちゃんから、触れるんじゃないから。ニニア達から、お兄ちゃんにお願いするなら、誓いを破ったことには、ならないでしょう」

クオンが女性に触れない誓いをしていると知ってから、ニニアは、必ずこの言葉で前置きをするようになった。ね、ね……と、身を寄せて、肩に頭を載せてニニアがねだる。シーリアも、期待するようにモジモジと、テーブルの上で指を絡めた。

「……いいよ」

クオンは、少々困りつつ、結局、今夜も承知してしまう。


「あっ……ん……気持ちいいよ……お兄ちゃ、ん……あ……」

細い脚《あし》をいっぱいに大きく開いて、ニニアは、クオンにクリトリスをいじられて喘《あえ》いでいる。

「ニニア、こっちはどう？」

「あうんッ……いい……」

「このごろ、ニニア少しずつ、オッパイ大きくなってるみたいね……お姉ちゃん、いつももみもみしてるからわかるわ」

「はあっ……」

シーリアは、ニニアの背後に回り、下から持ち上げるようにして、左右の乳房を刺激している。揉《も》みながら、指先で乳首も丸めてやると、ニニアは、きゃふん、と子犬のように甘え啼《な》いて、うっとりと、シーリアとクオンに身体《からだ》をあずける。クオンがいじっているクリトリスの下から、絶え間なく、透明な蜜《みつ》がジュワジュワと滲《にじ》んで、肉襞《にくひだ》も、パックリと割れて開いている。

「お姉ちゃんのも、さわって……ニニア……」

シーリアはニニアの手を後ろへ持っていき、自分の乳房に触れさせた。

「うふふ……やっぱり、お姉ちゃんのオッパイのほうが、ずっと大きい」

「あ、っ……ニニア、触るの、上手くなったわねっ……」

上と下で、お互いに乳房を触り合いながら、甘い息を吐く姉と妹。それを見て、妹の濡《ぬ》れているあそこをいじっていると、クオンももう、そこに入れたくてたまらなくなってくる。

「ねえ、兄さん……私のも……」

シーリアが、今度はニニアの横に並んで、ニニアと逆にうつぶせになり、尻《しり》をたてて、クオンにそこを見せつけるように突き出してきた。割れ目はもう、すっかり赤く充血して、妹のものに負けぬ勢いで蜜を吐いていた。クオンが、そっと手を伸ばすと、シーリアは、自分からその手に股間《こかん》を載せるようにして、いじって、いじってとせがんでくる。つつましく、日頃《ひごろ》は地味にさえ見えるシーリアも、こうして愛し合うときは大胆だった。女として、一度身体が快感を覚えてしまうと、止まらなくなるのかもしれないし、妹と、差をつけられたくはないのかもしれない。しかし、クオンにはなかなかの拷問《ごうもん》だった。

「ああ、お兄ちゃん……気持ちいいようっ……ニニア、おかしくなっちゃうよう……」

「兄さん、私も……お尻の穴も、いじってくださいっ……」

姉妹のそこを、同時に見せられ、指や舌で気持ちよくしてやりながら、誓いのために、自分から、挿入《そうにゅう》したいと言うことができない。二人から、これが欲しくなったから、とクオンの固いものに触れ、導かれるままに入れる以外に。

「お兄ちゃん……もう、して……」

「兄さん、早く……お願いっ……」

しかし二人は、クオンの限界をよく察知して、同時にそれをねだってくる。

「ああ、じゃあ、ニニアからしてあげて……私は、指で……待っていますから……」

姉らしく、シーリアはニニアに譲っていた。クオンは、求められるまま、ニニアの小さなそこを割り開いて入れる。

「んあああっ！　すごい、すご、いよっ……お兄ちゃんの、ニニアに、入ってくるっ……」

キュッと狭い内部が、クオンをきつく締めつけてきた。クオンも、ほっと息を吐いた。

ニニアの中に入れながら、シーリアには、指や、よく使う張り型なども使って、快感が続くよう、奉仕してやる。

「ああ、いいっ……」

「お兄ちゃん……お兄、ちゃんっ……クリトリスも、クリトリスもいじってえ……」

甘い声と、息で部屋が満たされて、三人は、ひとつに溶けてしまいそうだった。もう、誰《だれ》が誰に奉仕をして、誰が奉仕されているのかもわからなかった。

「ずっと、ずっとこうしていたいよ」

クオンのもので突き上げられ、ニニアが、涙声で訴えてきた。

「約束する」

クオンも、かすれてくる声で二人に答える。

君たちを守るために、僕は戦った。これからも、僕はそうして、生きていく。

ケインとして……あるときは、クオンとして……この国で。

「ん、ああうっ！」
ニニアの締めつけがさらにきつくなった。達するらしい。クオンも、そこで素早く上り詰めたあと、震えているニニアの中から抜いて、姉妹二人に向けて、白い精を放った。

END

あとがき

こんにちは。ようやく、2冊目のエルフィーナをお届けすることができました。といってもこの「奉仕国家編」は、1冊目の「淫夜の王宮編」の続きではなく、また、パラレルワールドのような別のお話でもありません。全体は、王宮編と同じストーリーを追いながら、王宮編では描かれなかった場面を中心に構成し、同じ場面でも、違う人物の視点ではどうなるか、などを考えながら書いてみました。もちろん、お楽しみのHシーンはまったく別のものですのでご心配なく(笑)。

「王宮編」は名前の示すとおり、城の中の出来事が中心になり、エルフィーナとヴァイスの心を追いかけています。いっぽうこちら「国家編」では、主に街や城の外を舞台として、複雑な過去を持つ男・クオンの心をメインに描かせていただきました。通して読んでいただくと、クオンとヴァイス、そしてエルフィーナ、それぞれの思いがわかっていただけるのではと思います。

そういえば、前回のあとがきにも書きましたが、この「エルフィーナ」は、ヒロインの名前がタイトルで、エッチ度もかなり高いゲームなのに、とても、男性キャラクターが目立つ物語なんですよね。メインの男性二人はもちろん、ハーデンやラッセ、さらに残酷なバンディオス王にも、ただ残酷ではない部分があって。私はナスタースが好きで、もしもっとページ数があったなら、出番を増やしてあげたかったです。でもナスタースは、ノベライズで書くことができただけでもいいほうで、じつは、私が原作のゲームをプレイして個人的に一番好きだった男性キャラは、とうとう、2冊つうじて登場する機会がありませんでした(泣)。無精ヒゲで(一見)やる気ないオジサンで、すごく私好みだったのに……なぜこんなことに。バディゼは王宮編でも国家編でもバシバシ出演しているのに。といっても、いまでもページ数が通常のパラダイムノベルス1冊分をずいぶんオーバーしている状況では、エッチもない男性キャラが出せないことに、文句はとても言えないのでした。

さて「エルフィーナ」の2冊ですが、王宮編・国家編という分け方のほかに、調教編・凌辱編という分け方もありかな、と思っています。王宮編では、Hシーンのある女性キャラを少な目にして、彼女たちが調教によって変わっていく姿を書かせていただき、この国家編では、エルフィーナ含め5人の女性キャラのHシーンを書くことで、拒む権利のない凌辱、という雰囲気を狙ってみました。おかげでデブキャラ大活躍(笑)。メインヒロインといえるキャラも、国家編は特別に決まっていないので、読んでくださった方のお好みの女性を、そのままヒロインということにしてください。

そして鬼畜物のお約束ですが、言うまでもなくこの物語はすべてフィクションです。想像の中でニニアやナグロネをいたぶったあとは、あなたの隣にいる彼女には、優しくしてあげてくださいね。

ああ、あと1ページスペースがある……。では女性キャラの話をします。原作ゲームの「スタッフルーム」を拝見すると、アイルのスタッフの方々には、ナグロネが人気のようですね。私も、ナグロネはかっこいいので好きですが、Hが楽しかったのは、やはりヒロインのエルフィーナでした。あとは、国家編ではほとんど出番がないキャラですが、黒衣の王妃マーナも好きです。黒い髪に青い目が、とても儚げでセクシーに見えました。マーナも胸は立派ですしね(笑)。

というわけで?思いのほか長くかかってしまった「エルフィーナ」のノベライズも、ようやく終わることができました。アイルのリバ原あき様、お忙しい中ご指導ありがとうございました。パラダイムのIさん、原稿遅くてご迷惑かけまくりですみませんでした。久しぶりに鬼畜エッチを書かせていただけて、すっとしたようにも思います。

それでは、今回はこのへんで。またパラダイムノベルスや、その他のところでも、お会いできたら嬉しいです。

清水マリコ

エルフィーナ　奉仕国家編

2003年 3月25日 初版第1刷発行

著　者　清水 マリコ
原　作　アイル【チーム・Riva】
原　画　リバ原 あき

発行人　久保田 裕
発行所　株式会社パラダイム
〒166-0011東京都杉並区梅里2-40-19
ワールドビル202
TEL03-5306-6921 FAX03-5306-6923

装　丁　林 雅之
印　刷　株式会社秀英

乱丁・落丁はお取り替えいたします。
定価はカバーに表示してあります。

既刊ラインナップ

定価 各860円+税

1 悪夢～青い果実の散花～
2 脅迫
3 痕～きずあと～
4 慾～むさぼり～
5 黒の断章
6 淫従の堕天使
7 Esの方程式
8 歪み
9 悪夢 第二章
10 瑠璃色の雪
11 官能教習
12 復讐
13 淫Days
14 お兄ちゃんへ
15 緊縛の館
16 密猟区
17 淫内感染
18 月光獣
19 告白
20 Xchange
21 虜2
22 飼
23 迷子の気持ち
24 ナチュラル～身も心も～
25 放課後はフィアンセ
26 骸～メスを狙う顎～
27 朧月都市
28 Shift!
29 いまじねぃしょんLOVE
30 ナチュラル～アナザーストーリー～
31 キミにSteady
32 ディヴァイデッド
33 紅い瞳のセラフ
34 MIND

35 錬金術の娘
36 凌辱～好きですか？～
37 MydearアレながおじさんMydearアレながおじさん
38 狂＊師～ねらわれた制服～
39 UP!
40 魔薬
41 臨界点
42 絶望～青い果実の散花～
43 美しき獲物たちの学園 明日菜編
44 淫内感染～真夜中のナースコール～
45 MyGirl
46 面会謝絶
47 偽善
48 美しき獲物たちの学園 由利香編
49 せ・ん・せ・い
50 sonnet～心かさねて～
51 リトルMyメイド
52 flowers～ココロノハナ～
53 サナトリウム
54 はるあきふゆにないじかん
55 プレシャスLOVE
56 ときめきCheck in!
57 散櫻～禁断の血族～
58 Kanon～雪の少女～
59 セデュース～誘惑～
60 RISE
61 虚像庭園～少女の散る場所～
62 終末の過ごし方
63 略奪～緊縛の館 完結編～
64 Touchme～恋のおくすり～
65 淫内感染2
66 加奈～いもうと～
67 PILE・DRIVER

68 Lipstick Adv.EX
69 Fresh!
70 脅迫～終わらない明日～
71 うつせみ
72 Xchange2
73 M.E.M.～汚された純潔～
74 Fu・shi・da・ra
75 絶望～第二章～
76 Kanon～笑顔の向こう側に～
77 ツグナヒ
78 ねがい
79 アルバムの中の微笑み
80 ハーレムレーサー
81 絶望～第三章～
82 淫内感染2～鳴り止まぬナースコール～
83 螺旋回廊
84 Kanon～少女の檻～
85 夜勤病棟
86 使用済～CONDOM～
87 真・瑠璃色の雪～ふりむけば隣に～
88 Treating 2U
89 尽くしてあげちゃう
90 Kanon～the fox and the grapes～
91 もう好きにしてください
92 同心～三姉妹のエチュード～
93 あめいろの季節
94 Kanon～日溜まりの街～
95 贖罪の教室
96 ナチュラル2 DUO 兄さまのそばに
97 帝都のユリ
98 Aries

99 LoveMate～恋のリハーサル～
100 恋ごころ
101 プリンセスメモリー
102 ぺろぺろCandy2 Lovely Angels
103 夜勤病棟～堕天使たちの集中治療～
104 尽くしてあげちゃう2
105 悪戯Ⅲ
106 使用中～W.C.～
107 せ・ん・せ・い2
108 ナチュラル2 DUO お兄ちゃんとの絆
109 特別授業
110 Bible Black
111 星空ぷらねっと
112 銀色
113 奴隷市場
114 淫内感染～午前3時の手術室～
115 懲らしめ 狂育的指導
116 傀儡の教室
117 インファンタリア
118 夜勤病棟～特別盤 裏カルテ閲覧～
119 姉妹妻
120 ナチュラルZero+
121 看護しちゃうぞ
122 みずいろ
123 椿色のプリジオーネ
124 恋愛CHU! 彼女の秘密はオトコのコ？
125 エッチなバニーさんは嫌い？
126 もみじ「ワタシ…人形じゃありません…」
127 注射器2
128 恋愛CHU! ヒミツの恋愛しませんか？

最新情報はホームページで！　http://www.parabook.co.jp

129 悪戯王　原作：インターハート　著：平手すなお
130 水夏～SUIKA～　原作：サーカス　著：雑賀匡
131 ランジェリーズ　原作：ミンク　著：三田村半月
132 贖罪の教室BADEND　原作：ruf　著：結字糸
133 -スガタ-　原作：MayBeSOFT　著：布施はるか
134 Chain失われた足跡　原作：ジックス　著：桐島幸平
135 君が望む永遠 上巻　原作：アージュ　著：清水マリコ
136 学園～恥辱の図式～　原作：BISHOP　著：三田村半月
137 蒐集者 コレクター　原作：ミンク　著：雑賀匡
138 とってもフェロモン　原作：トラヴュランス　著：村上早紀
139 SPOT LIGHT　原作：ブルーゲイル　著：日輪哲也
140 Princess Knights上巻　原作：ミンク　著：前薗はるか
141 君が望む永遠 下巻　原作：アージュ　著：清水マリコ
142 家族計画　原作：ディーオー　著：前薗はるか
143 魔女狩りの夜に　原作：アイル【チーム・Riva】　著：南雲恵介
144 憑き　原作：ジックス　著：布施はるか
145 螺旋回廊2　原作：ruf　著：日輪哲也
146 月陽炎　原作：すたじおみりす　著：雑賀匡

147 このはちゃれんじ！　原作：ルージュ　著：三田村半月
148 奴隷市場ルネッサンス　原作：ruf　著：菅沼恭司
149 新体操（仮）　原作：ぱんだはうす　著：雑賀匡
150 Piaキャロットへようこそ!!3 上巻　原作：エフアンドシー　著：ましらあさみ
151 new～メイドさんの学校～　原作：SUCCUBUS　著：七海友香
152 はじめてのおるすばん　原作：ZERO　著：南雲恵介
153 Beside～幸せはかたわらに～　原作：F&C・FC03　著：村上早紀
154 Only you 上巻　原作：アリスソフト　著：高橋恒星
155 性裁 白濁の禊　原作：ブルーゲイル　著：谷口東吾
156 Milkyway　原作：Witch　著：島津出水
157 Sacrifice ～制服狩り～　原作：Rateblack　著：布施はるか
158 Piaキャロットへようこそ!!3 中巻　原作：エフアンドシー　著：ましらあさみ
159 忘レナ草 Forget-me-Not　原作：ユニゾンシフト　著：雑賀匡
160 Silvern ～銀の月、迷いの森～　原作：g-clef　著：布施はるか
161 エルフィーナ～淫夜の王宮編～　原作：アイル【チーム・Riva】　著：清水マリコ
162 Princess Knights下巻　原作：ミンク　著：前薗はるか
163 Realize Me　原作：ミンク　著：高橋恒星
164 Only you 下巻　原作：アリスソフト　著：高橋恒星

165 水月 —すいげつ—　原作：F&C・FC01　著：三田村半月
166 はじめてのおいしゃさん　原作：ZERO　著：三田村半月
167 ひまわりの咲くまち　原作：フェアリーテール　著：村上早紀
168 Piaキャロットへようこそ!!3 下巻　原作：エフアンドシー　著：ましらあさみ
169 新体操（仮）淫装のレオタード　原作：ぱんだはうす　著：雑賀匡
170 DC～ダ・カーポ～ 朝倉音夢編　原作：サーカス　著：雑賀匡
171 エルフィーナ～奉仕国家編～　原作：アイル【チーム・Riva】　著：清水マリコ
173 はじらひ　原作：ブルーゲイル　著：星野杏実
174 いもうとブルマ　原作：萌。　著：谷口東吾
175 DEVOTE2 いけない放課後　原作：13cm　著：布施はるか
176 特別授業2　原作：BISHOP　著：深町薫
177 超昂天使エスカレイヤー 上巻　原作：アリスソフト　著：雑賀匡
178 DC～ダ・カーポ～ 白河ことり編　原作：サーカス　著：雑賀匡
186 DC～ダ・カーポ～ 芳乃さくら編　原作：サーカス　著：雑賀匡

好評発売中！

〈パラダイムノベルス新刊予定〉

☆話題の作品がぞくぞく登場！

179.いたずら姫

フェアリーテール　原作
高橋恒星　著

　雨の中、猫を抱いてたたずむ少女紗理亜に、裕紀は亡き妹の姿を重ねた。最愛の妹まゆの代わりに彼女に性の快楽を教え込みたい。裕紀は、下僕の円佳を紗理亜の住む寮に送り込み、メールで調教の指示を出す！

182.てのひらを、たいように上巻

Clear　原作
島津出水　著

　水郷の里として知られる小さな田舎町。夏休みも近いある日、永久という名の少女が転校してくる。明生とは子供のころに一緒に遊んだと言い張る彼女に、彼はまるで覚えがなくて…。